❶

安倍夜郎

AI

# 菜單

# 深夜0時

第

營業時間是午夜十二點到早上七點左右。
人稱「深夜食堂」。
你問有沒有客人？

菜單
只有這樣：

豬肉味噌湯定食　六百圓
啤酒（大）　六百圓
日本酒（兩合）[1]　五百圓
燒酒（一杯）　四百圓
每位客人限點三杯酒

此外
也可
隨意點菜，

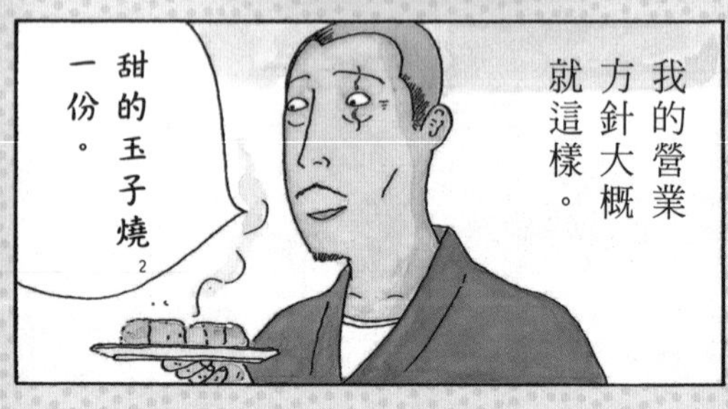

1.「合」為日本酒單位，一合為180毫升。
2. 日式煎蛋捲。

喀啦

老樣子。
阿龍是這附近
很吃得開的大哥。

喲，
好久不見。
但原本第一印象
可是壞到極點呢。

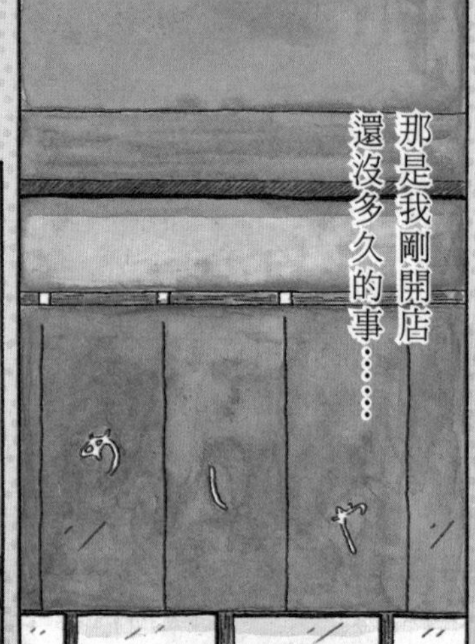
那是我剛開店
還沒多久的事……

就這裡啊，
只要點菜
什麼都能做
的店。

……
……

老爹，
來份蝸牛。

我不會做。

什麼？
做不出來啊，
那燕窩湯
呢?!

話說在前頭，我最討厭的就是這種傢伙。

就在這時候……

有香腸嗎？紅色的那種。

有啊。切成章魚的樣子炒給你吧。

！

噗哧

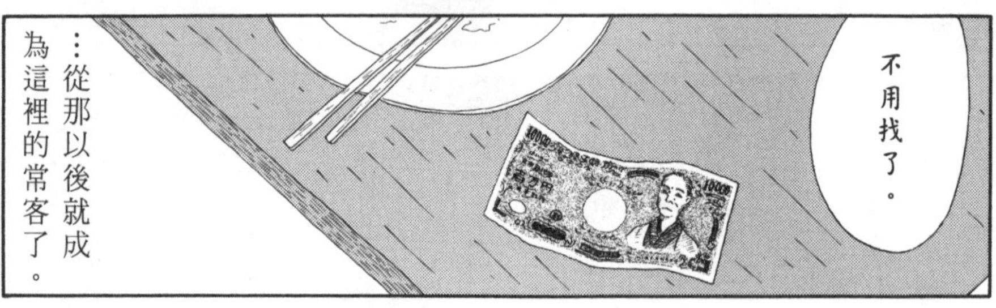
不用找了。
……從那以後就成為這裡的常客了。

大盤炒香腸！

啊，看起來好好吃⋯⋯
說話的是，四十八年來在二丁目經營同志酒吧的小壽壽桑。

⋯⋯要不要來一塊啊？

哎～可以嗎?!那就不客氣啦。

好懷念的味道啊。
那要再來一塊嗎？

小哥，光吃你的不好意思，人家的玉子燒要不要來一點？

真不好意思。
別客氣啦。

從此之後兩人在店
裡碰到的話，
就常常分著吃。

有時候阿龍點了香腸，
等小壽壽桑來。

反之亦然。

小壽壽桑，
給你炒香腸
好嗎？

不用了。
就是分阿龍
的吃起來才
好吃啊。

阿龍也這麼說呢。

是嗎？呵呵呵～

嗶
叭
叭
叭
叭
叭
叭
ラ
ザ

又來了，今天可真熱鬧。

阿龍會不會來呢。

暴力集團今城會所屬的鬼島組辦公室發生了槍擊案件……
該組幹部劍崎龍等三人死傷。

阿龍!!

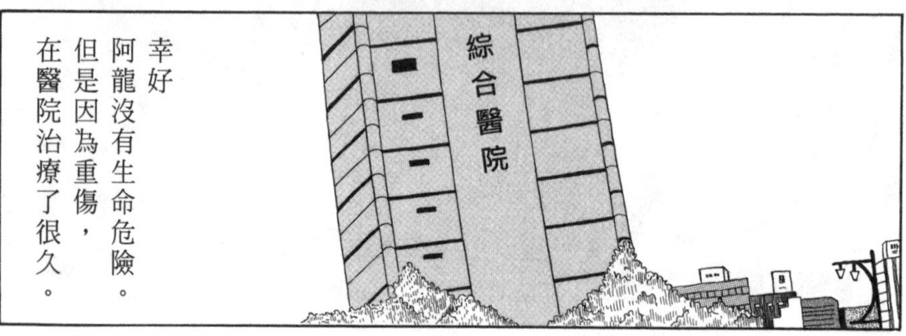
綜合醫院
幸好
阿龍沒有生命危險。
但是因為重傷，
在醫院治療了很久。

所以小壽壽桑
拜託我替他做
了便當。

要不要
來一塊？
紅香腸跟玉子燒
果然是便當裡的
兩大明星啊。
不用啦～

# 第2夜◎隔夜的咖哩

比起剛做好的咖哩，
覺得隔夜的咖哩更好吃的人
還真不少呢。
我其實也喜歡這味兒。

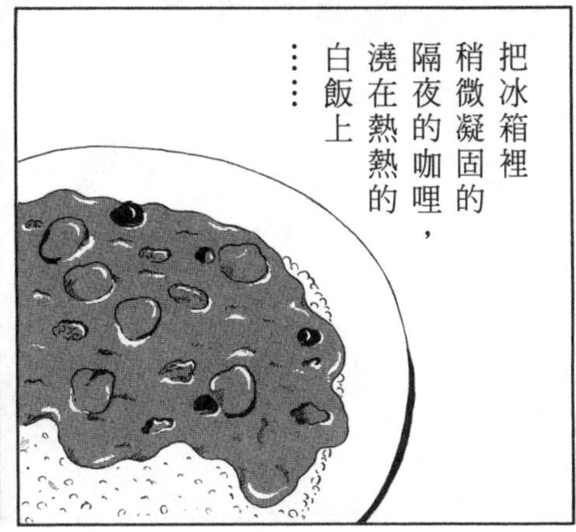

めし

咦？你在吃什麼？

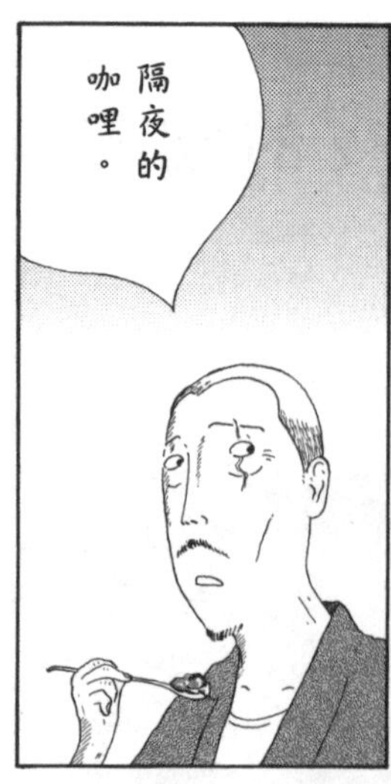
隔夜的咖哩。

真好……
是不是冷的咖哩？

在冰箱放了一天的。

我要這個！
我也是！

對對對，就是這一味！
一般店裡都沒賣這種的。

你們在吃什麼？

隔夜的咖哩。

來份大的。

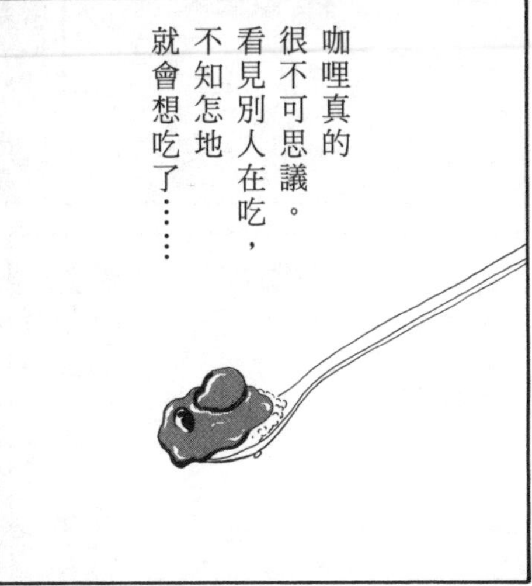
咖哩真的很不可思議。看見別人在吃，不知怎地就會想吃了……

我也要！

抱歉，賣完啦。

所以就這樣……
每個月的第一個星期二為「隔夜的咖哩日」
老闆

你問是怎樣的咖哩嗎？

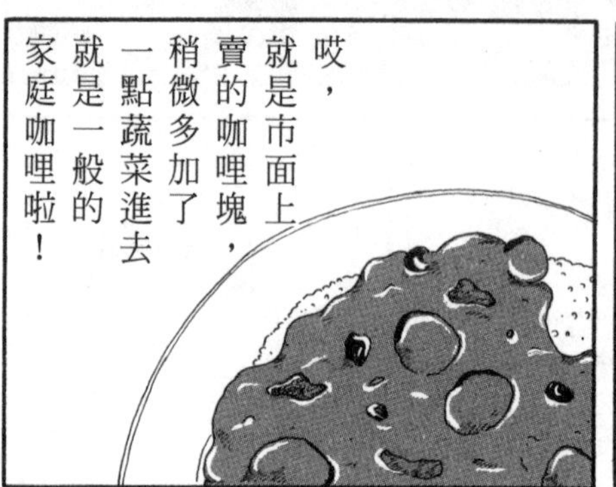
哎，就是市面上賣的咖哩塊，稍微多加了一點蔬菜進去就是一般的家庭咖哩啦！

喂，搞什麼啊?!

拎北討厭紅蘿蔔！

因為有這樣的傢伙，紅蘿蔔就盡量切成小塊啦。

隔夜的咖哩是怎樣？

在冰箱裡放了一晚上的冷咖哩。

繪里香超喜歡！請給我一份。

這個超～讚～

再來一份!!

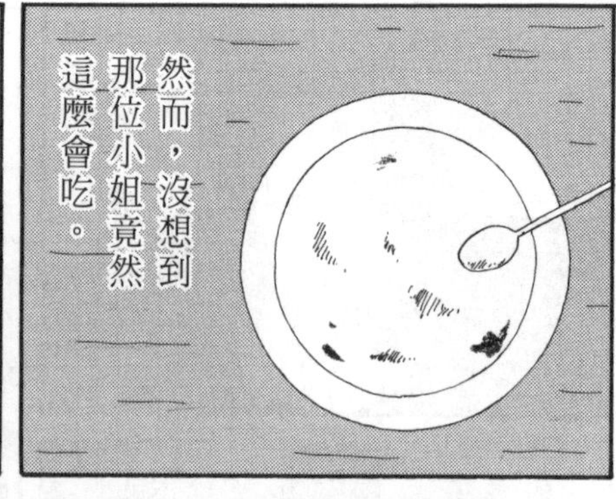
然而，沒想到那位小姐竟然這麼會吃。

再來一份！

!?

好幸福！

大叔再來一盤好嗎？

當然好啦……

………
狼吞~
虎嚥~
哇……

喲！我來
吃隔夜的
咖哩了。

抱歉，
剛剛
賣完了……

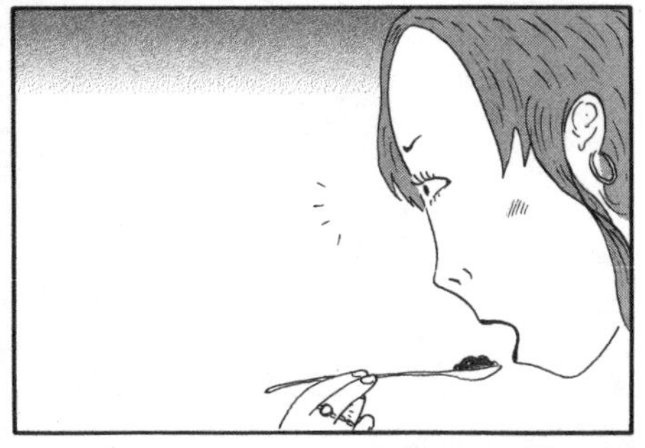

怎麼這樣，
我很期待
的呀……

對不起。
都是因為
繪里香
吃了好多盤
……
!?

雖然知道仁先
生要來，但看
見這位小姐吃
得津津有味，
就沒法阻止…

哦…
這就是契機。

兩個人常常在
「隔夜的咖哩日」
開心地一起吃。

再來一份!!

就在等這句話!

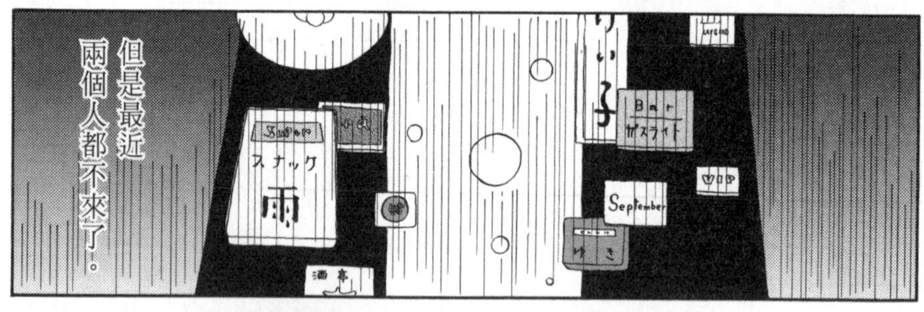
但是最近
兩個人都不來了。
Bar
ガスライト
スナック
雨
September
酒亭

今天
是
隔夜的咖哩日

喀啦

仁先生
瞞著繪里香
跟以前的太太
傳簡訊……

啥？
仁先生61歲，
繪里香21歲。
這兩個差了
四十歲的人，
兩個月前
開始同居了。

一開始是
離開這裡之後
一起去喝酒…

人家想跟
仁先生在
一起！

REST ¥3.900~
STAY ¥7.200~
HOTEL
シャレ

所以呢？

嗚…嗚…
再給我
一份！

那天晚上
仁先生什麼也沒做⋯
「是嫌棄我是色情行業的小姐嗎?!」⋯⋯
我哭著睡著了。

⋯但是呢，
嘿嘿⋯⋯
第二天早上
就做了哦。

你知道事後
仁先生說了
什麼嗎？
誰知道啊。

這就跟咖哩
一樣，
放過一晚上
更好吃呢。
笨蛋。

很棒吧！
呿。
才懶得
理你們。

在那之後怎樣了？
天亮時仁先生來接她，
兩個人手牽手回去了。
哼，真是蠢透了。
♫

# 第3夜◎貓飯

那個女孩是在早上六點半左右，我差不多想打烊的時候來的。

想放在白飯上淋一點醬油吃。
這種說法聽起來傻得可愛，我不知怎麼地就高興了起來。

貓飯啊。那可好吃了。

大叔也喜歡？
嗯。

小姐，有時間嗎？

時間有得是，但是沒什麼錢……

這樣啊。那就煮一鍋飯來吃吃吧。我也想吃了。
哇，真的？

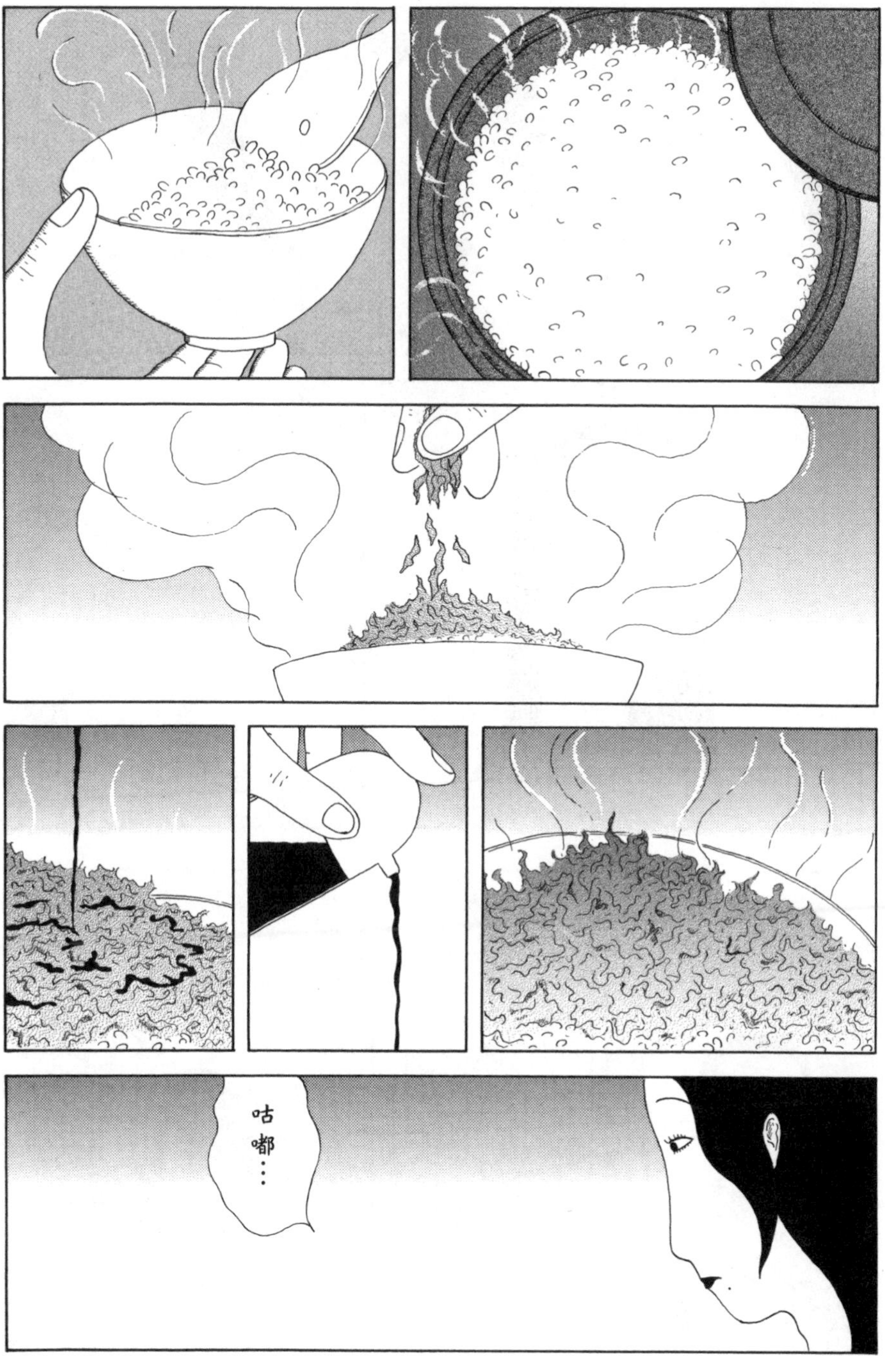
咕嘟……

如何？

喵！

從那時候起時不時……

在同樣的時間……

我又來了。

妳是做什麼的？常搞到大清早啊？
唱卡拉OK。

我是演歌歌手，但是頭上貼著「紅不起來」的標籤呢。

沒有工作，但是想唱歌，所以偶爾一個人唱到天亮，但唱的都是別人的歌。

嗯……
妳要是有海報就拿張過來吧。幫妳貼在店裡。要不要順便也賣CD？
真的嗎？

千鳥美雪
人生海海
隨性遨遊

這啥？

常來店裡，喜歡吃貓飯的女孩，是演歌手。要不要買CD啊？

她不是常來嗎？那就聽現場吧。

好聽的話就買喔。
是啊是啊。
所以應客人要求……

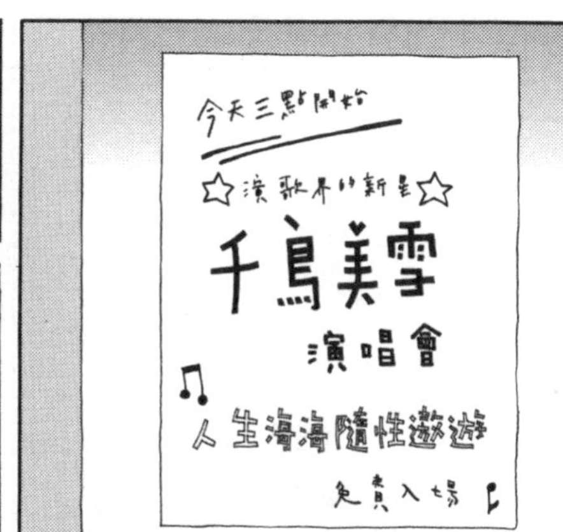
今天三點開始
☆演歌界的新星☆
千鳥美雪
演唱會
人生海海隨性遨遊
免費入場

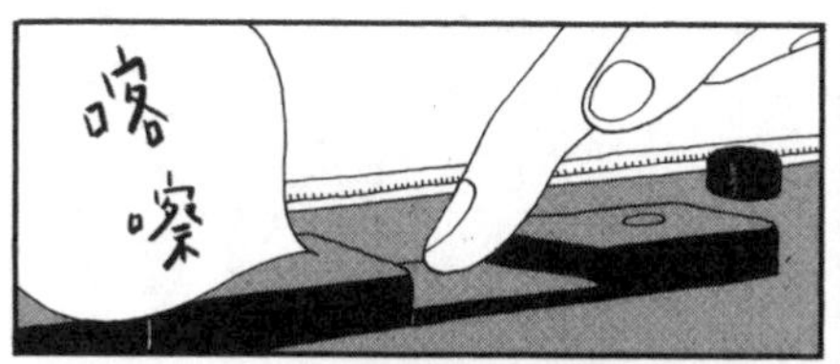
喀嚓

人生海海
隨性遨遊
人生海海
隨性遨遊
從小到大
一直都是
隨性遨遊

人生海海啊～
雖然歌有點怪，但不愧是職業歌手…

沿著小路
蜿蜒前進
真是
再好不過…

我們可是感動得很呢。

演唱會結束後，
大家一起
吃貓飯……
真是
比平常更香啊……

美雪啊，這首歌詞送給妳。
這位是作詞家月森哲夫老師。

「迷途的貓」……
聽妳的歌靈感就來了。

謝謝老師！
加油喔。
太好啦美雪。

在忘懷戀情的
酒家女膝上
聽到舊情人的
喃喃抱怨……

在新宿夜晚
迷途的貓…
這首歌開始
在排行榜攀升時，
那個女孩卻突然
消失了蹤影。

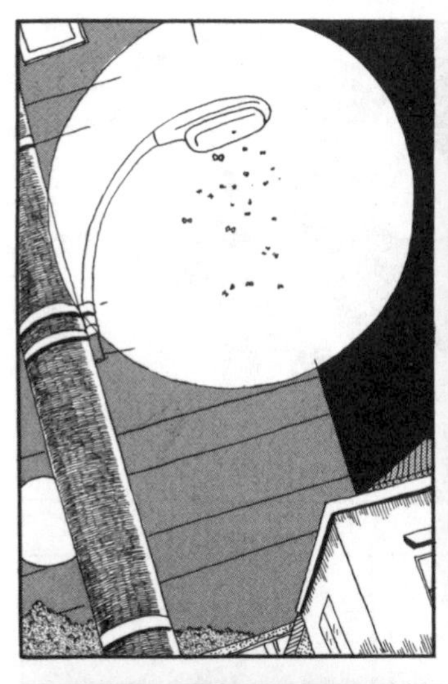

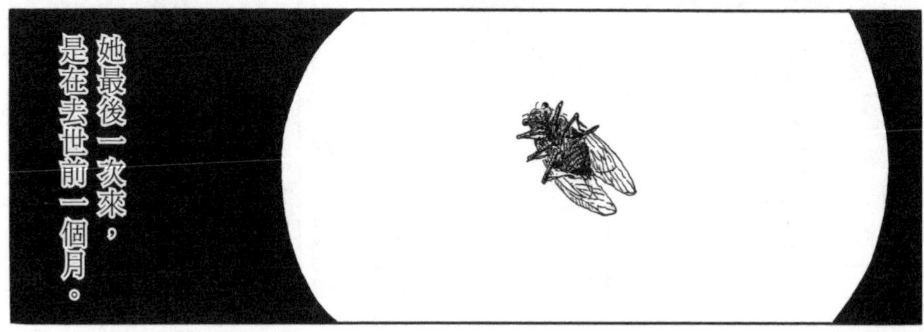
她最後一次來，
是在去世前一個月。

有柴魚片
嗎？

她說是從醫院
溜出來的……
那麼喜歡的
「貓飯」，
卻連半碗
都吃不了…

……
美雪啊！

……
報
「迷途的貓」銷售破百萬
故 千鳥美雪小姐

對了，今天早上有件不可思議的事。

咚—

給了牠貓飯之後
牠很開心地吃完，
就「喵」地笑了。
歡迎回來。
跟那個女孩一樣呢。

# 第4夜◎醬油與調味醬

荷包蛋！

營業時間是從午夜十二點到早上七點左右。人稱「深夜食堂」。
めしや
めし

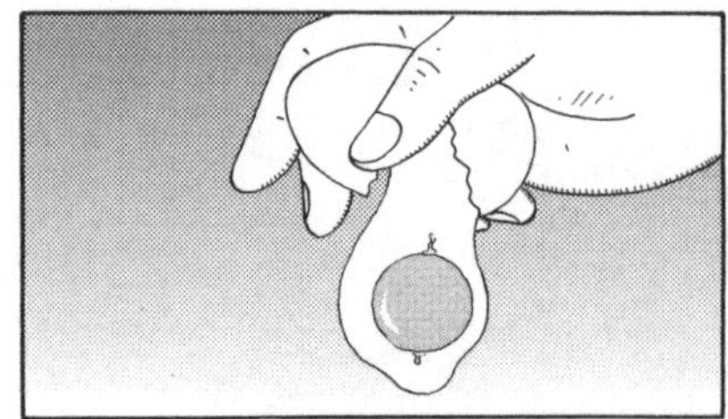

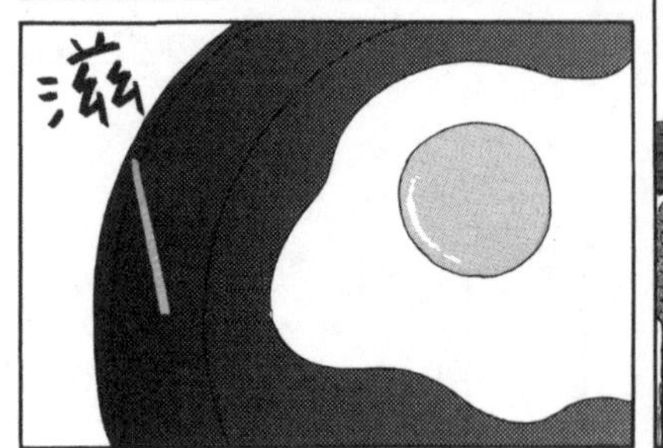
滋

我最喜歡荷包蛋蛋黃的底部。
啊，我也是！

其次就是蛋白煎得脆脆的部分。

我也是。
我們真是意氣相投啊。

來，喝一杯。
謝謝。
兩人立刻就成了多年的知己。

來、荷包蛋

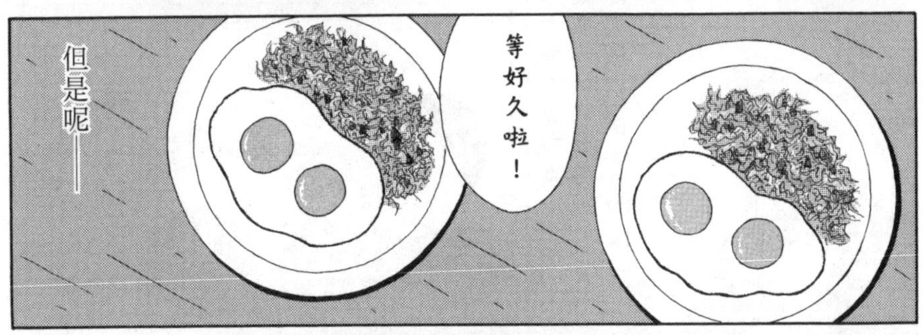
等好久啦！
但是呢——

醬油
調味醬

調味醬?!
醬油?!

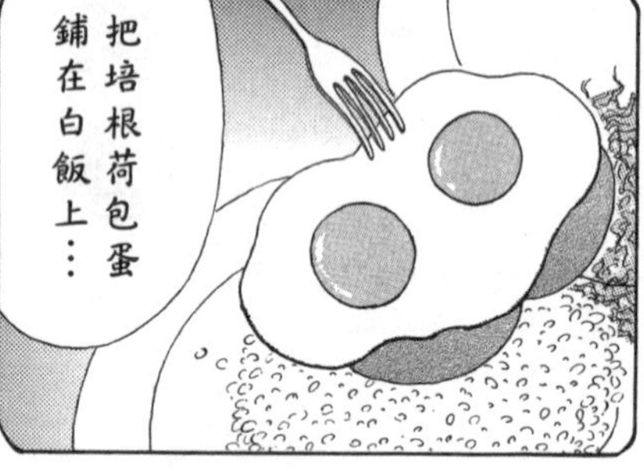


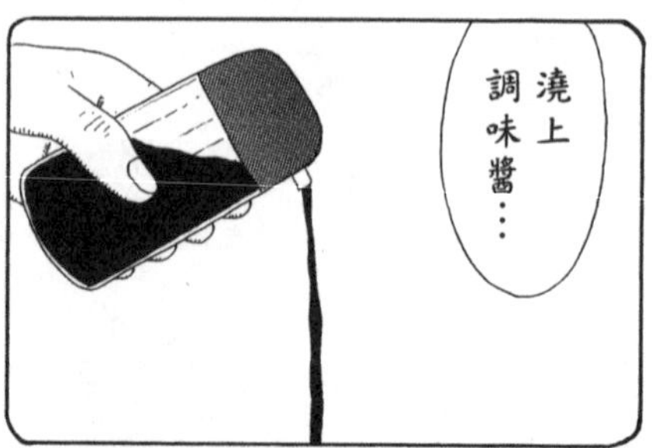

3. 石原裕次郎（一九三四－一九八七），日本偶像、演員、歌手、模特兒、企業家。
4. 日活為「日本活動寫真株式會社」簡稱，是創立於一九一二年的日本電影公司。

在片場很流行，叫做「小裕飯」呢。

對吧！要加調味醬。

不管裕次郎說什麼，

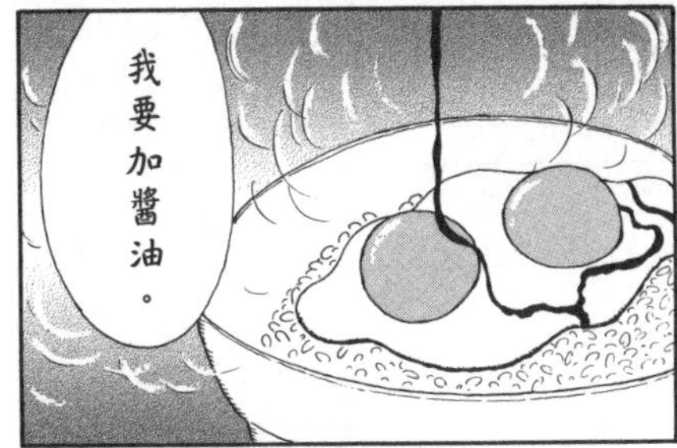
我要加醬油。

我也是醬油。
我也是。
！

就說吧!!

我加調味醬。

於是，當日平分秋色。
但幾天後……

炸竹莢魚。

真是有志一同。

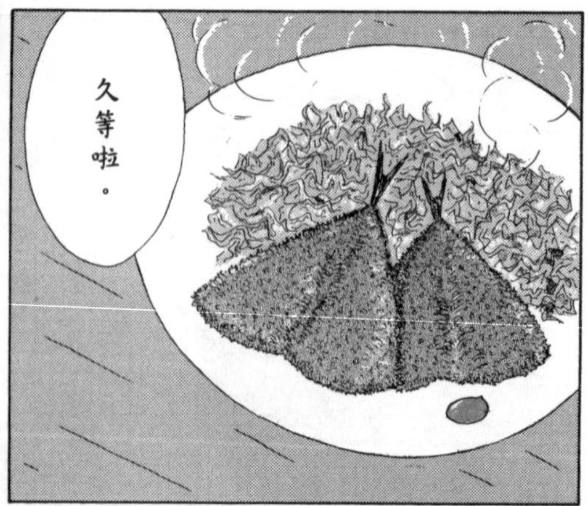
久等啦。

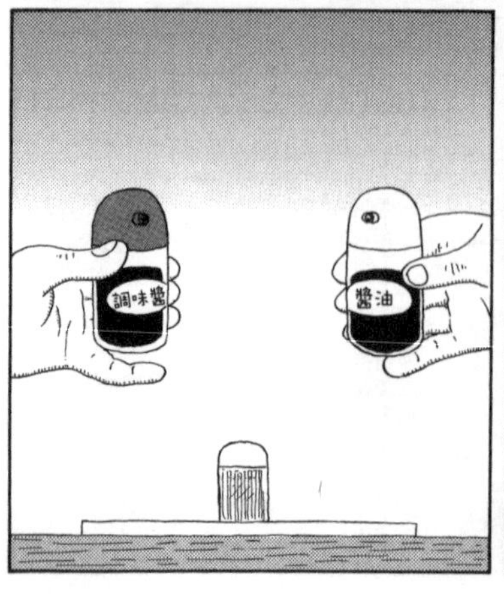
調味醬
醬油

炸的東西要加調味醬吧。

魚要加醬油吧。

麵衣吸飽了濃厚的醬料味道……

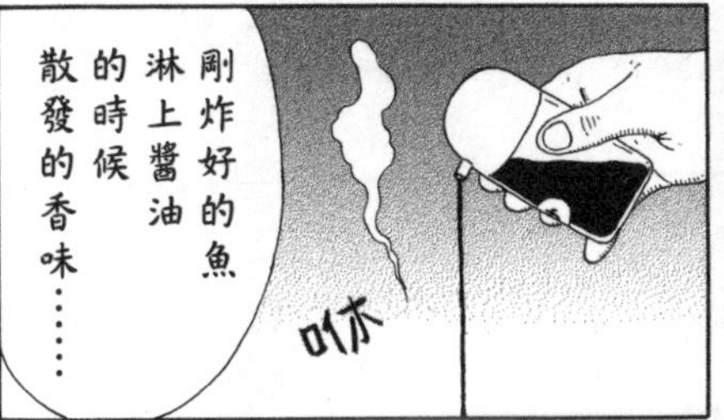
剛炸好的魚淋上醬油的時候散發的香味……

好燙。

此時又出現了好事的傢伙……
我加調味醬。

當然是調味醬。

唉喲，醬油啦。

調味醬。

絕對是醬油。

本來以為今天又要打成平手……

醬油啦。

醬油吧。

調味醬調味醬！

調味醬啦。

滋—
久等了。
給我蕃茄醬
跟美乃滋！

沾
沾

喀
滋

……
咻
……
兩人在她兩邊默默地吃著。

在那之後那兩人就不見蹤影了。

被我們警局逮捕啦。

咦?!

兩個人都是闖空門的慣竊。手法一模一樣，本來以為是同一個人。
到今天才知道原來她是警察。

取調室1

啊

認識的人嗎？

不⋯⋯

手法⋯⋯那麼像啊⋯⋯

那兩個人
年齡跟血型
都一樣。
連住的公寓
格局都很像。

但是
有一個地方
不同。
哪？

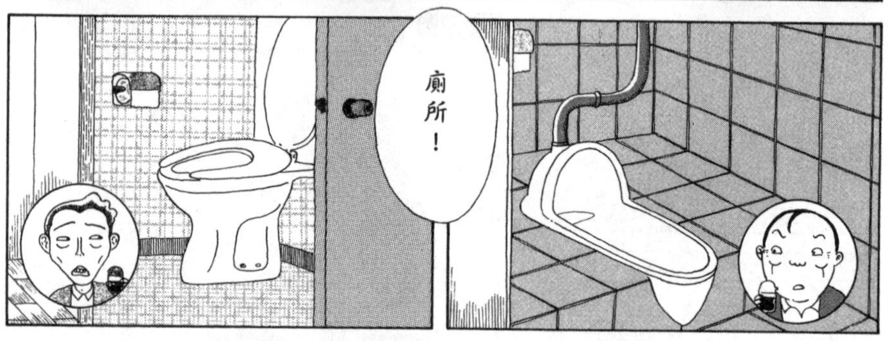
廁所！

……
……

雖說隨便
怎樣都好……

鮪魚塊
不能沾蕃茄醬
跟美乃滋
好嗎？
警察小姐！

# 第5夜◎蘿蔔燉牛筋加蛋

冷天走在街上
聞到關東煮的味道，
就會不自覺地走過去吧？

汪。

你在燉牛筋跟蘿蔔吧⋯

鼻子真靈。
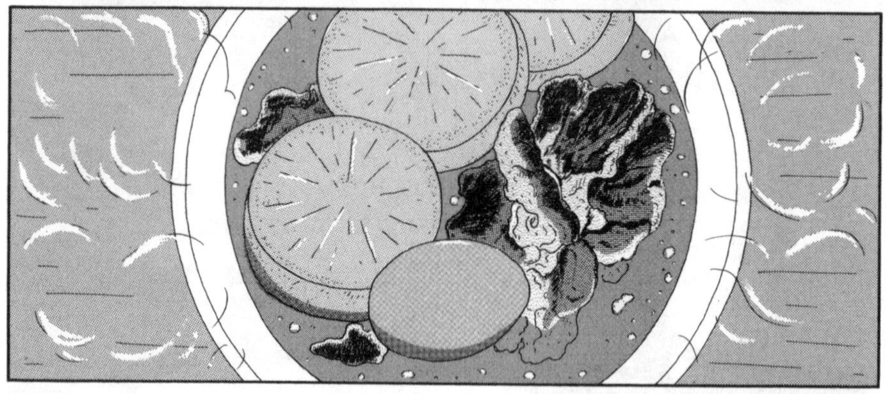

呵呵⋯
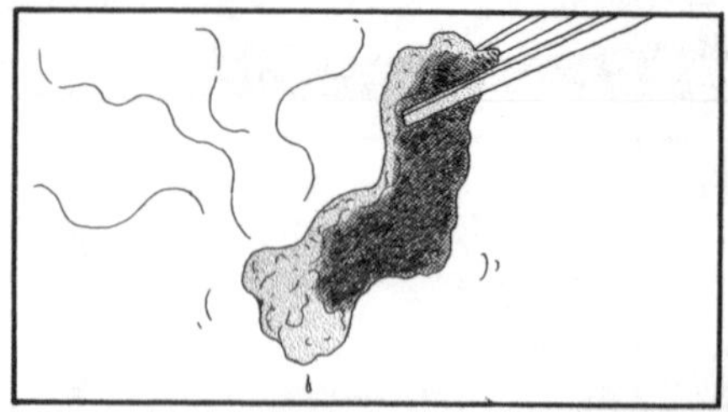
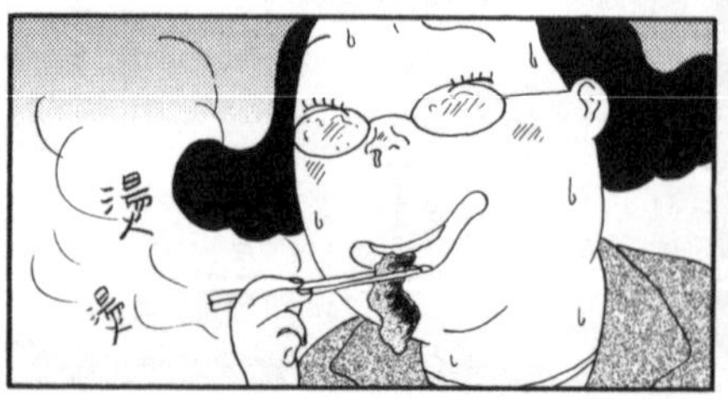
燙燙

牛筋配
一瓶啤酒……
咻

蘿蔔配
兩杯冷酒……

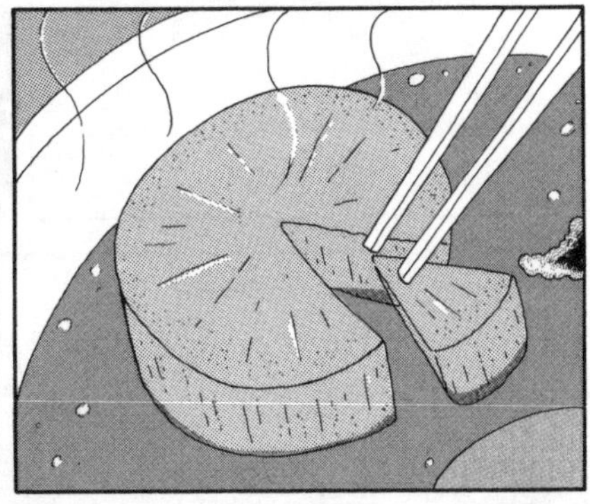

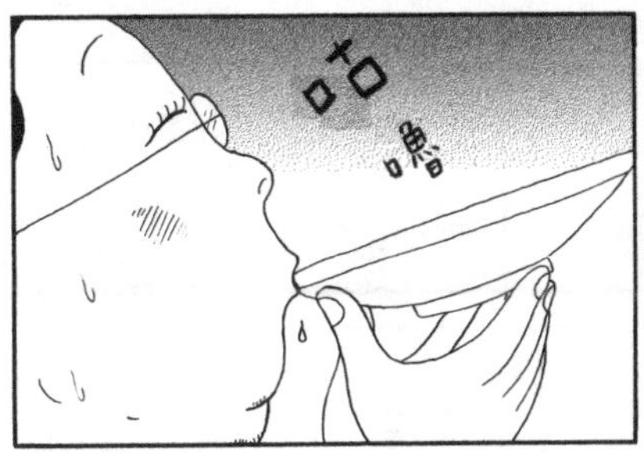
咕
嚕

水煮蛋的蛋黃
一半混在湯裡……

就著第二盤關東煮
吃三碗飯，
真由美一直
都是這樣吃的。

呼～

她真
厲害。

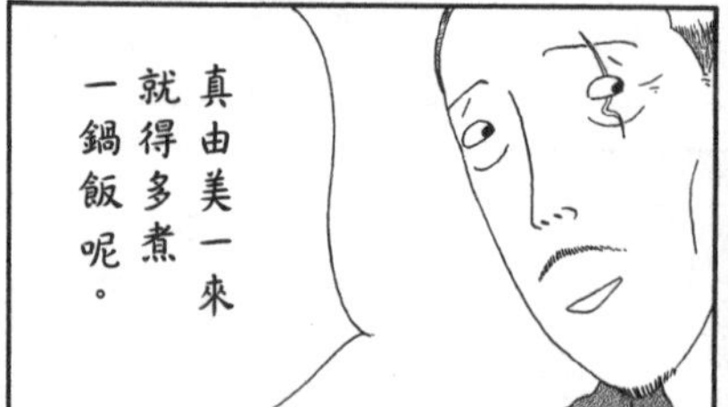
真由美一來
就得多煮
一鍋飯呢。

她真不錯
啊……
就是啊
……

你們喜歡
那一型的？

嘿嘿……

要是真由美
也喜歡你們
這些胖女控
就沒問題啦
……

有一天——

再來一盤……

真由美，已經三盤了啊。有點太多了吧？

從明天起就開始減肥！拜託，今天就隨我吧!!

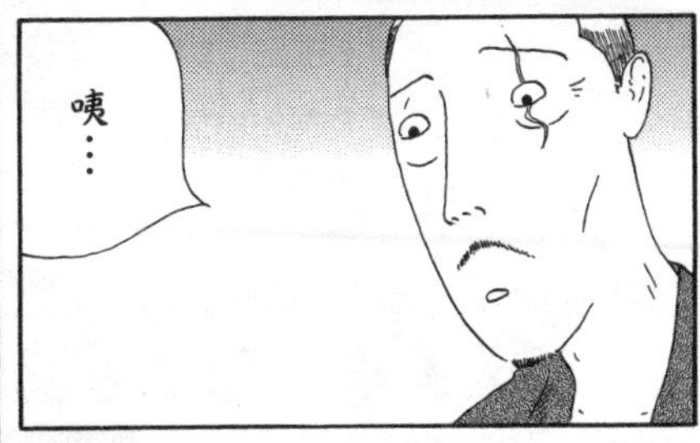
咦……

今天去醫院，醫生對我說，

關野小姐，體重減輕一點比較好喔。
誰看見她都會這麼說吧。

那個醫生
帥到不行。

……
……

於是
真由美好像
下定決心的樣子。
呼哈
呼哈

呼哈
呼哈

牛丼
完全復活

牛丼
完全復活

嗚～

啪
吋
啪
吋

黒酢
こんにゃく
にがり
プルー
寒天

……
……

捏
捏

めしや

最近都沒看見那位胖胖的小姐呢。

她正在減肥。她喜歡上帥哥醫生了。

什麼啊，真可惜。
原來那樣就很好啊…

咻

給我蘿蔔燉牛筋加蛋。

！

妳不是在減肥嗎？

減了啊。

但是比以前還…

復胖了啦!!
啪
減肥壓力超大的!!
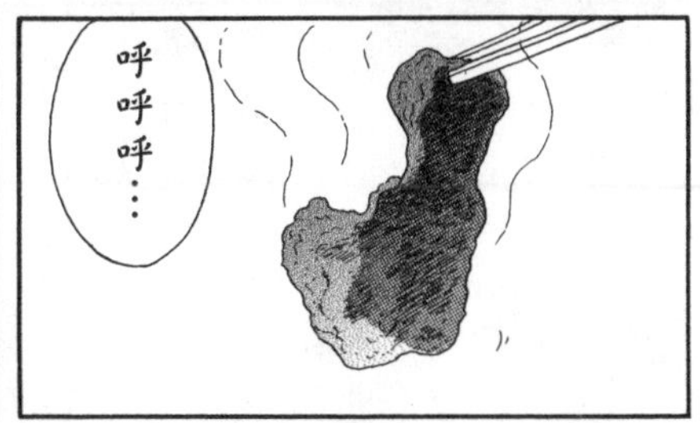
呼呼呼…

就是這個～

真好……
讚啊！

再來一盤。
啪
啪
啪

不要啦，已經三盤了。

明天再開始減肥，今天就隨我吧。拜託！
──就這樣挑戰減肥四次……

真由美卻越來越胖，醫生好像也舉手投降了。
蘿蔔燉牛筋加蛋！

明天就開始減肥！拜託啦！
所以我就啥也不說啦。

# 第6夜◎納豆

之前一度在超市買不到納豆讓我吃了一驚。
好像是因為電視上說這有助於減肥。
不過，幸好現在可以隨便就買到，真是太好了。

納豆套餐。
我不要
納豆的醬汁。

……

久等了。

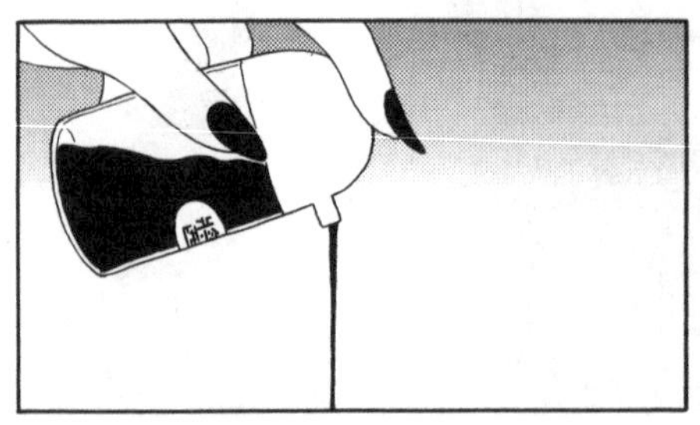

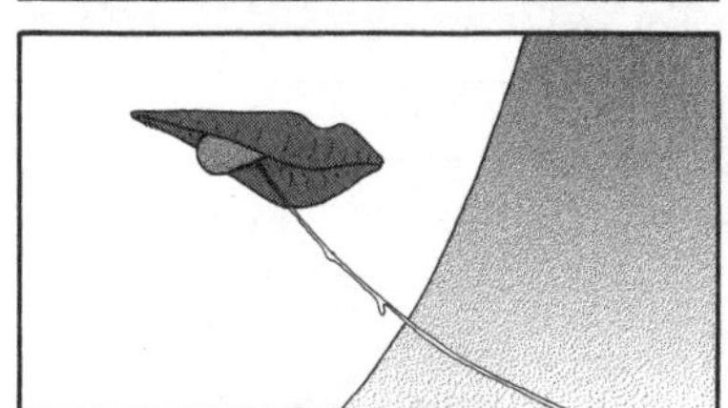

我吃飽了。
めし

找的零錢就寄在這裡吧。

啊，請問…

為什麼不加納豆的醬汁呢？

?!

因為很甜我不喜歡。……你呢？

我喜歡。

這樣啊……下次加醬油吃吃看吧。掰掰～

好。

一見鍾情啦？
對。

很漂亮吧？完全看不出阿順以前是男人呢。

啥!?

啊……

但是真的很漂亮。

不用想太多啦！恐龍跟漂亮的人妖你選哪個？
嗯。

阿順在二丁目的「紫之上」上班。

「紫之上」!?

三星期後
めしや
めし

最近怎麼都沒看見吉田？

都是老闆多嘴，他每天都泡在阿順的店裡啦。

吉田也挺帥的，兩人正在熱戀中呢。
唔。

喀啦

喲，鈴木。
老闆，兩份納豆套餐。我們都不要醬汁。

！

嘻嘻～

今天晚上住我那兒吧？

抱歉，明天一早就要開會。

開會有什麼關係！住我那兒啦。
真傷腦筋……
好嘛好嘛……

知道了，就住妳那兒。
哇——好高興！

春天到了
SNACK
凡

怎、怎麼啦？

身子撐不住啦，哈哈……

她每晚都要。老闆，我要納豆套餐。啊，對了，要加醬汁。我還是喜歡加醬汁。

就知道你在這裡!!
!

……就這樣，
我知道有一個人吃納豆瘦下來啦。

# 第7夜◎烤海苔

烤海苔真的很不可思議。
直接吃就很好吃，
而且配上飯，
不知怎地就美味到不行。

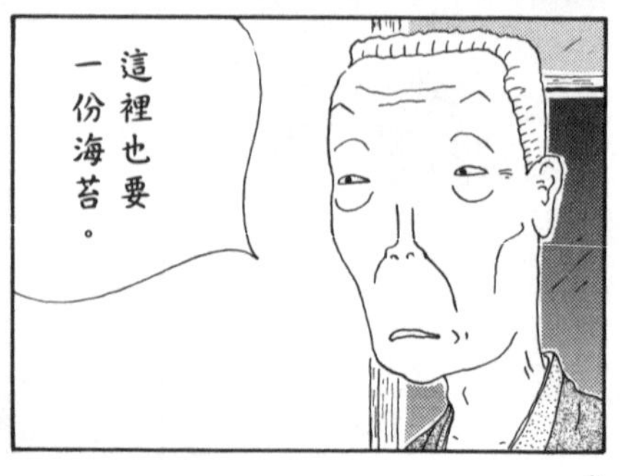

5. 日文「鶴」與「光滑」諧音，暗指鶴田禿頭。

看到你吃得那麼香…
嘿！

很好吃喲。但是不只這樣。海苔對頭髮好！

看看這傢伙！他不吃海苔所以才這德行。看不出來我們同年吧?!
少囉唆。

對了！請看這個。

令嬡的頭髮真漂亮。
沒錯吧?!
宮本就開始炫耀起女兒了。

我的女兒。
從那時起——

我也每天都讓女兒吃海苔喔。

但是……最近的小孩全都染頭髮。

根本看不出是高中女生還是特種行業的。
！

搞屁啊，那老頭……
讓人超火大。

海苔已經沒啦。

不管別人怎麼說，

日本人就是要黑髮！

宮本還好嗎？最近都沒來。

不太好，他女兒染頭髮了⋯⋯

那頭黑髮？
現在整頭金毛!!

好像連眉毛都剃了。

也很少回家。宮本的樣子真令人看不下去。
⋯⋯

大約兩個月之後

喀
啦

？！

宮本啊……

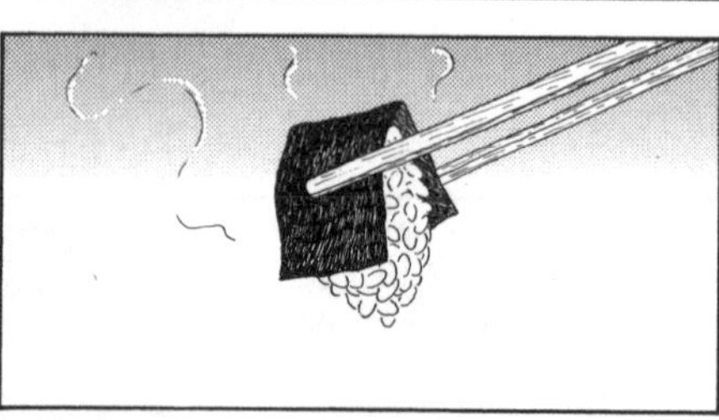

你還好嗎？

唉…

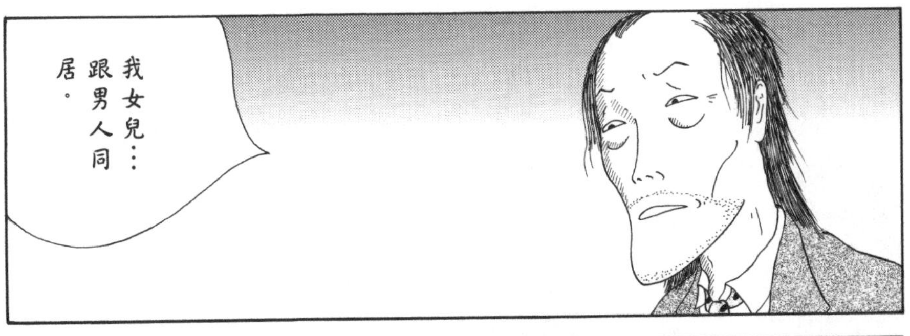
我女兒⋯⋯跟男人同居。

還懷孕了。⋯⋯她才十七歲啊。

⋯⋯⋯⋯

我的女兒⋯

包了鱈魚子耶。

來，來笑一個！

老闆，
幫我捏幾個
飯糰好嗎。
包鱈魚子的。

201 AOKI 宮本

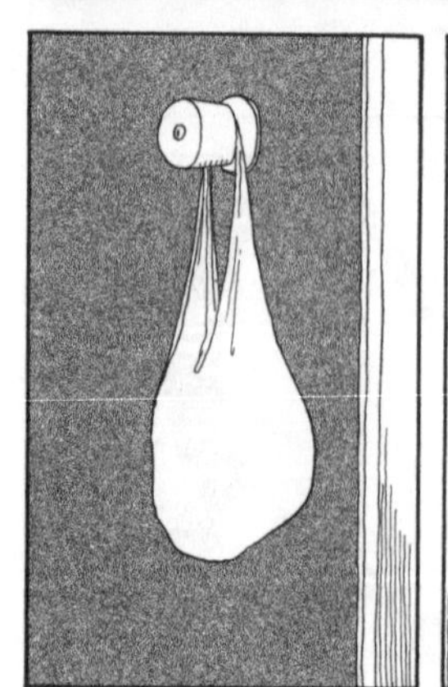

小心點喔。

那是啥？
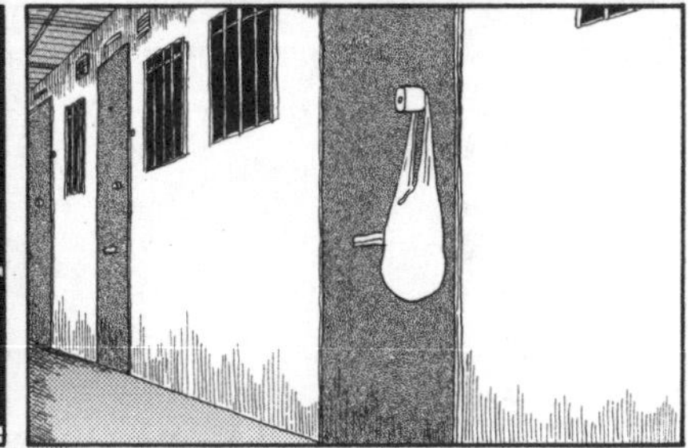

是飯糰……
！

爸爸……
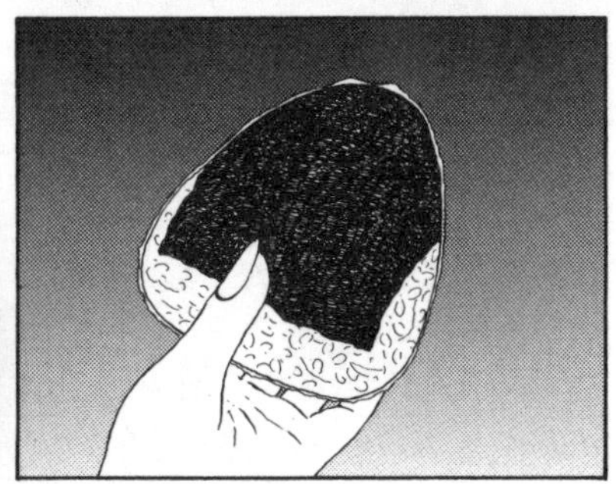

春暖花開之際——

特大份海苔！
宮本雖然頭髮掉得厲害，但卻神清氣爽多了。

理由在此：
來看看，這是我的金孫。

生下來就滿頭黑髮!!

都是因為從女兒小的時候我就給她吃海苔啦。
看來宮本炫耀孫子的日子還很長呢。

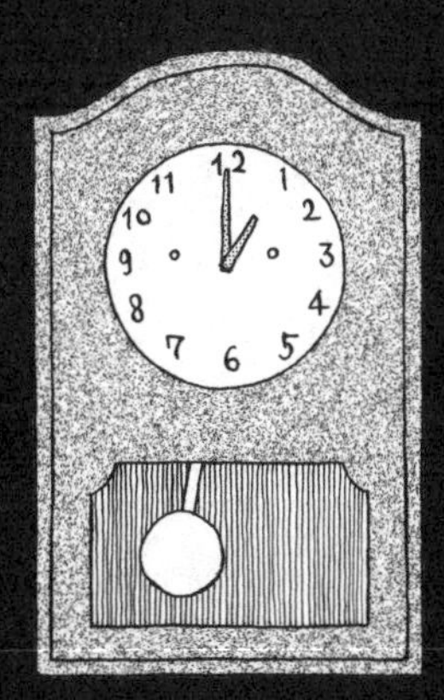

# 深夜1時

# 第8夜◎鱈魚子

許久不見的麻里鈴回到新宿了。麻里鈴雖然已經不是青春少女，但她胸部豐滿，是很受歡迎的脫衣舞孃。

嗯，
五分熟！
因此我猜想麻里鈴
最近在跟五分熟的
男人交往。

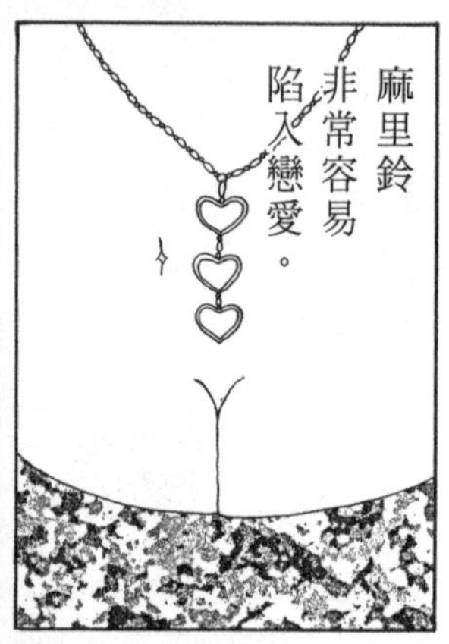
麻里鈴
非常容易
陷入戀愛。

一旦愛上
就什麼都學
喜歡的男人。

真是個
可愛的女人。
呵

今天是
五分熟
特大鱈魚子！

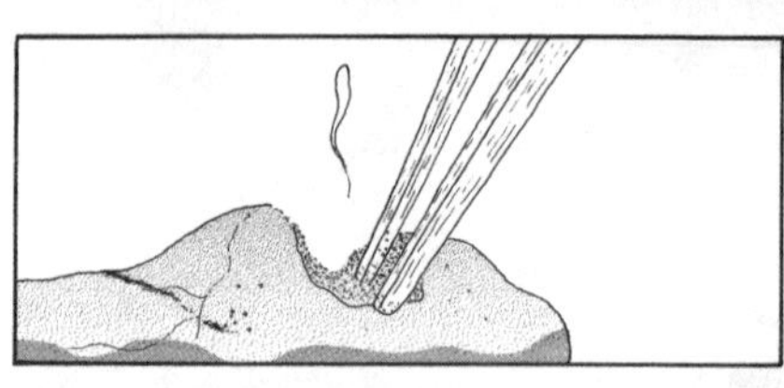

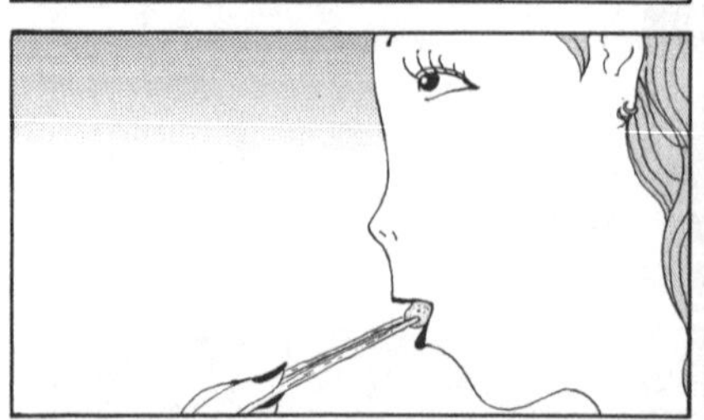

鱈魚子一定要五分熟。

這話不知怎地大家都有同感。

在那之後——
すなっく かずらいと
SNACK エアポート
BAR 城
アイ
カチューシャ

鱈魚子，五分熟。
啊，我也要。

店裡的鱈魚子全都烤「五分熟」。

但是呢……
喀啦
鱈魚子。要「生」的！

鱈魚子不是一定要五分熟嗎？

哼！誰要理那種男人！

……

又分手了啊……但是妳還是喜歡鱈魚子吧。

是啊……

因為人家會想起初戀情人嘛……
!?

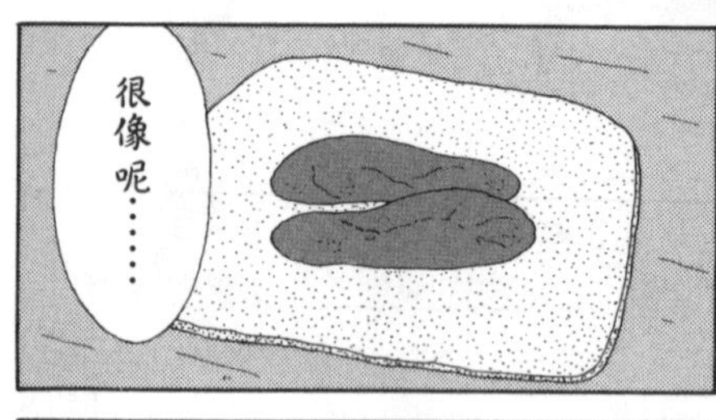
很像呢……

他的嘴唇，像鱈魚子……

喂……

嗯!!

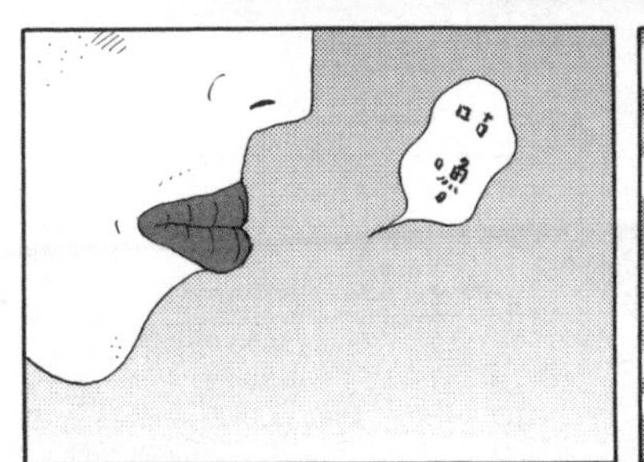
咕嗚

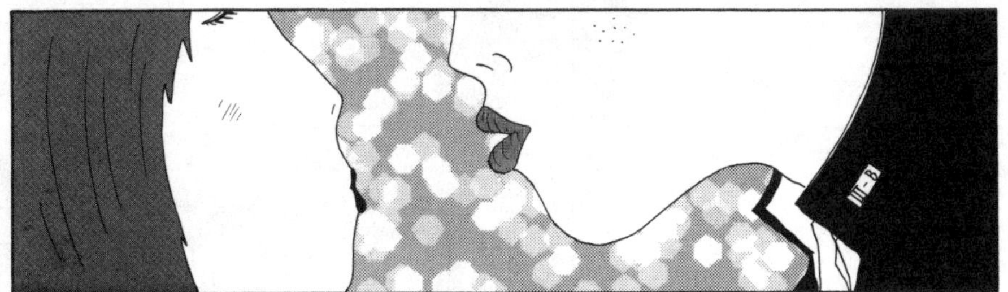

他嘴唇很乾
粗粗的……

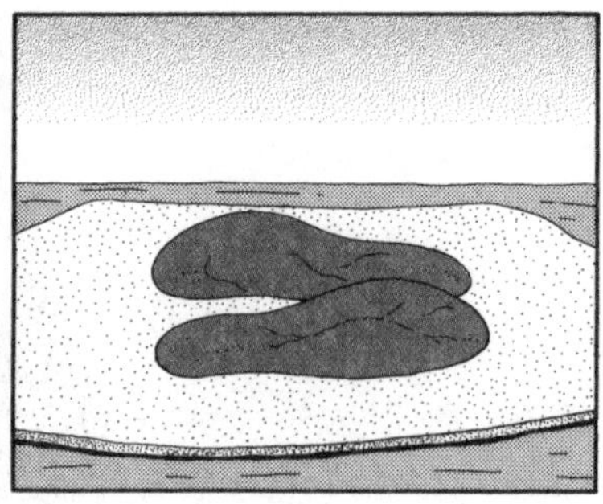

之後呢？

之後就沒了。我們上不同的高中，我很快就休學，到這裡來工作了。

真沒想到鱈魚子還有這樣的回憶。
麻里鈴也有純情的一面呢……

ミュージック
HANAGON
ストリップ

波霸獻禮
松嶋麻里鈴

耶！
麻里鈴!!

小麻里……

好像是看脫衣舞的客人。
這麼說來我看見她跟高個子厚嘴唇的男人從珠寶店出來。

嘴唇像鱈魚子嗎？
對對，對……

那八成是麻里鈴的初戀情人。

麻里鈴雖然跟很多男人交往過，結果還是跟初戀情人修成正果啊……

這算是佳話呢。
動不動就談戀愛，不過，是個好女人……
嗯……
希望她能幸福。

但是，看不到那對奶子還真有點寂寞啊。

嗯……

喀啦
燒酒加冰塊！小菜的話除了鱈魚子以外什麼都可以！

！

小麻里，妳不是去結婚了嗎……？

哼！那種媽寶，
我連看到鱈魚子都一肚子火。

……

那傢伙一開口就是「我媽說，我媽說」
他媽媽討厭死了。
……長得一模一樣。

兄弟姊妹跟嫁娶的對象、外甥、姪子，所有人的嘴唇都像鱈魚子。根本就是鱈魚子的詛咒！

人家一輩子都不要再吃鱈魚子了!!

我覺得「鱈魚子」是無辜的啦。

對了，麻里鈴雖然很容易陷入戀愛，
但我忘了她更容易厭倦。

祝
松嶋麻里鈴
小姐
復出成功
復活
松嶋麻里鈴
回歸公演

麻里鈴!!

大份泡菜來了。

哎，老闆，有沒有「真露」[6]啊？
妳喜歡嗎？

人家最近迷上了。
……看來這次的男人是韓流風。

6.韓國燒酒。

# 第9夜◎豬排丼

我不怎麼聰明能幹，所以挺不喜歡高深的傢伙。

所以說，一定要提高誘因，積極創新……

今天如何啊？
第八回合三十二秒！

恭喜！我請你喝一杯。

太棒了!!
這個笑臉真是讓人爽快。

……
……

小眉偶爾來店裡，是這裡年紀最小的常客。她媽媽明美在小酒館打烊後才把她從托兒所接過來。
不好意思。

叔叔，你的臉怎麼啦？
小眉！

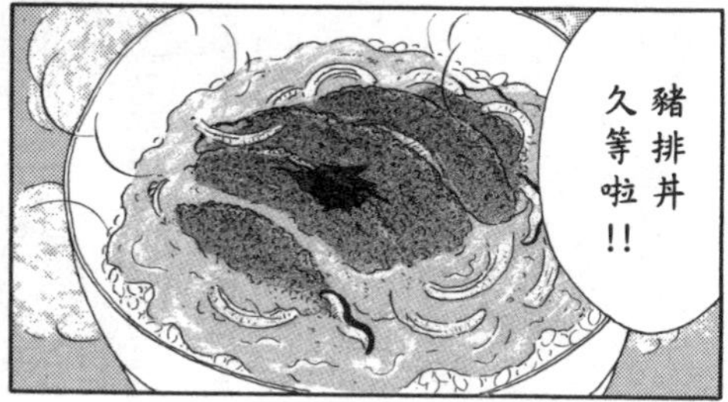

7.原文為「カツ丼」，カツ的漢字寫做「勝」，有勝利之意。

大概兩星期後的深夜，
電視轉播了阿勝的比賽。

他不屈不撓地纏鬥，
精彩地扭轉劣勢贏了比賽。

めし

豬排丼!!

她看了豬排丼叔叔的比賽，吵著要吃豬排丼。

比賽很精彩吧？

豬排丼叔叔很厲害啊！

跟阿勝說了之後
他很開心，
邀請母女二人
到後樂園看比賽。
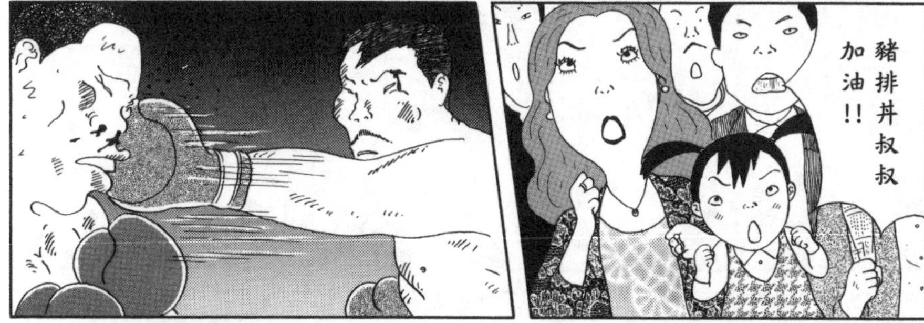
豬排丼叔叔
加油!!

めしや

三份
豬排丼！

嘿，
很容易
理解吧!?

連號跟散號各十張。
宝くじ
1等2億円
スクラッチ
発売中
本日発売
宝くじ

咦……

不過呢，阿勝贏的時候是很好……

輸的時候
就連店裡也不來，
完全不見人影。

最近跟阿勝
怎麼樣了啊
？

唔…

隔了許久
阿勝才又出現——
BAR
SNAC

那正好是
公布要和當紅的
龜倉比賽當天。
豬排丼！

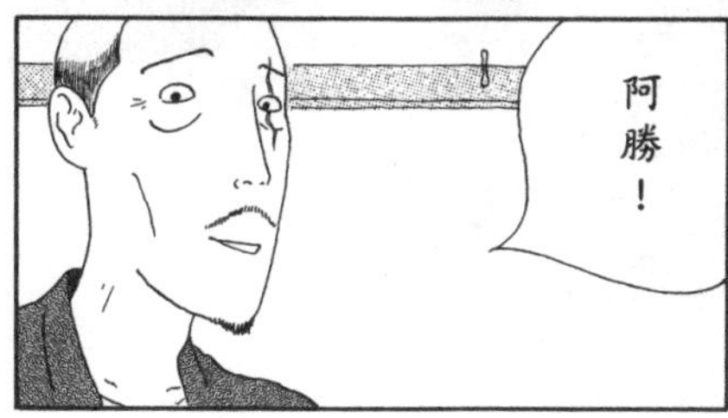
阿勝！

大家都說我是「肉腳」，但我可不這麼覺得。比賽時呢就一直裝出很弱的樣子，最後來個反敗為勝。
電視台應該也會很頭痛吧。哈哈……

然後呢，

贏了之後我打算跟明美小姐求婚。

……
……

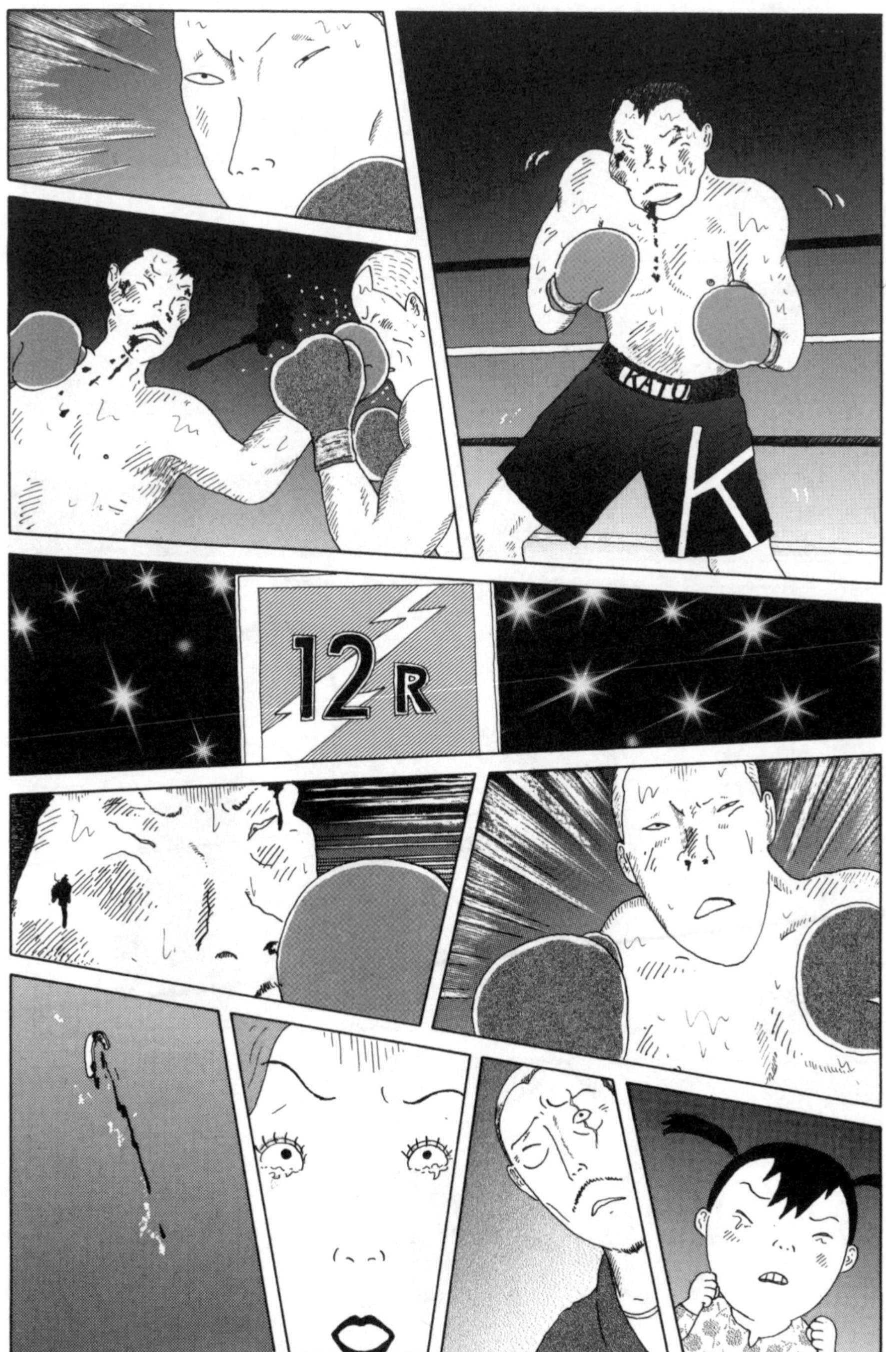
KATU
K
12R

めしや

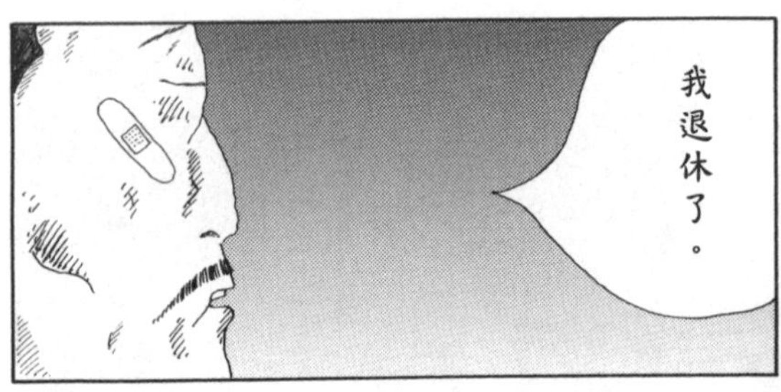
我退休了。

辛苦啦。我請你吃豬排丼吧。

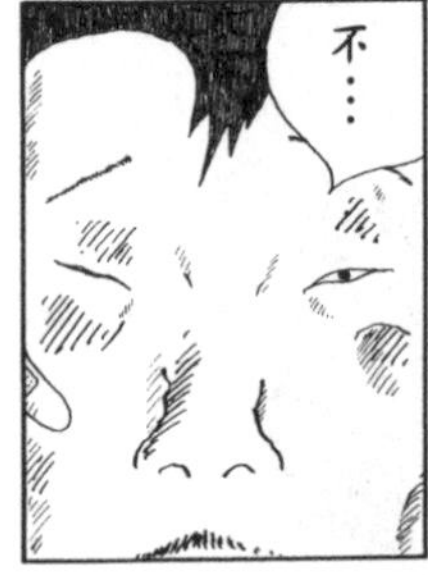
不……

換親子丼好嗎？

知道了。三份「親子」是吧。

阿勝這傢伙，真是容易理解。

# 第 10 夜 ◎ 拿波里義大利麵

喲！

話說在前面，這裡可不是值得特別帶外國人來的食堂。星先生不知道在想什麼，竟然帶了老外來。

他叫菲利歐日語很流利喔～
你好。
星先生一喝醉，無論跟誰都能立刻變成好朋友，常常帶到店裡來。

老闆，他是義大利人，卻沒吃過拿波里義大利麵！

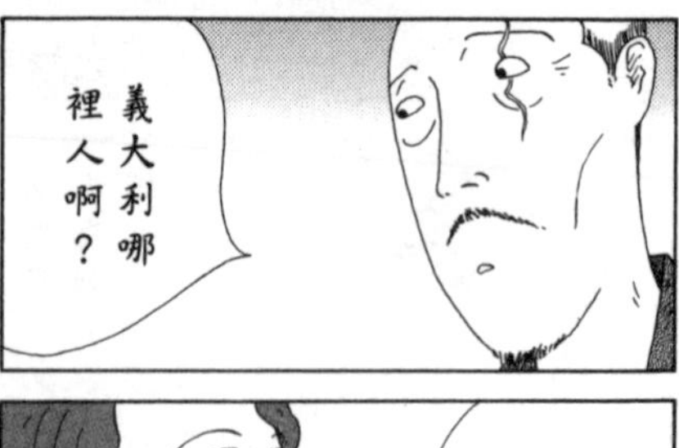
義大利哪裡人啊？

看吧～拿波里人卻不知道拿波里義大利麵。這不就像是讚岐人不知道烏龍麵一樣嗎!!

拿波里。

笨蛋，拿波里義大利麵是日本發明的啦。
這位是最年長的現任Gay Boy小壽壽桑。

咦！

二次大戰以後，橫濱New Grand大飯店的主廚替駐紮的美軍做的。

哎～不愧是小壽壽桑。
從那個時候開始就做Gay Boy了嗎？
沒禮貌！以為人家幾歲啊？

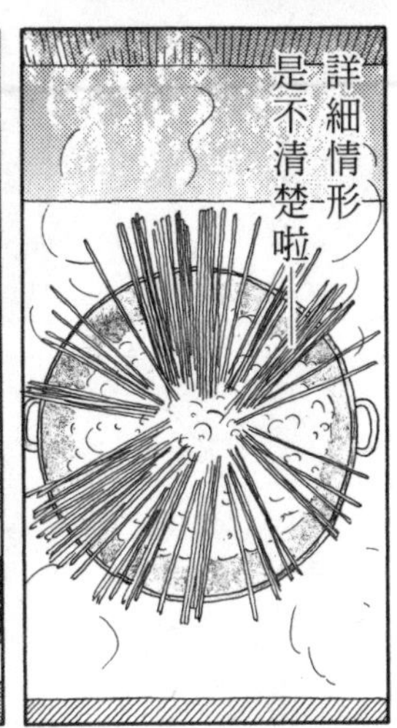
詳細情形是不清楚啦，

以前說到義大利麵，就是拿波里跟肉醬兩種，這是咖啡店都有的菜色。
肉醬麵
拿波里麵

拿波里義大利麵的材料是火腿跟洋蔥，時髦一點的店用蘑菇。然後一定要加青椒。

久等了，拿波里義大利麵！

這就是拿波里義大利麵!?

這樣灑上起司粉，跟墨西哥辣椒醬一起吃。

……
……

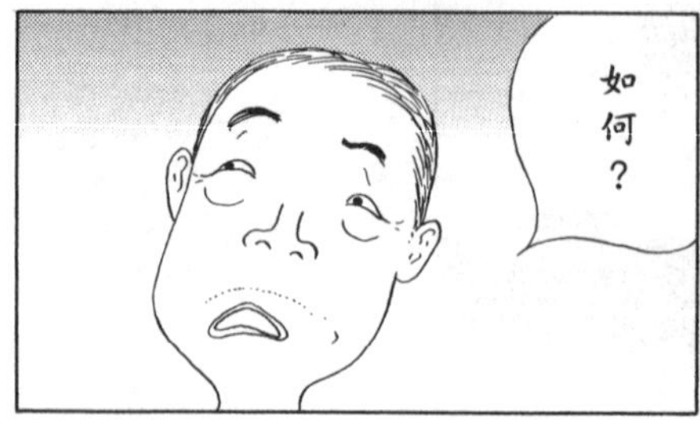
如何？

嗯——
……他只這麼回答，
滿臉說不出話的表情。

但是第二天——
BAR
氷雨
TEN
SNACK

我要拿波里義大利麵。

我還以為你一定被嚇跑了。

雖然不好吃，但是會上癮呢。

五月梅雨
レカン
SINGLE

吃拿波里義大利麵的
拿波里人。

……單口相聲家
三逍庭圓畫老師
做了這麼一首小詩。
果然當地人
吃起義大利麵
樣子都不一樣。

喲，
拿波里人，
要喝一杯嗎。

兩人都
喜歡歌舞伎，
很快就意氣相投，
老師說下次
招待他去看演出。

!?

這高湯
味道真好
啊。

吸
吸
吸

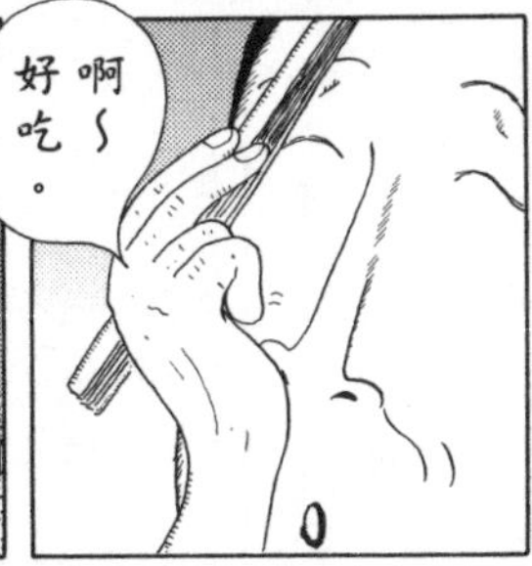
啊～
好吃。

演出結束後，
我們去吃了
蕎麥麵。
めしや

菲利歐
吃麵的
方式真
厲害啊。

害我都
沒信心
了呢。

季節更迭，進入盛夏。

老師，好久不見。

めしや

大家好。

你的髮型怎麼了？

我拜圓畫老師為師了。

現在叫做三逍庭拿波里。
還真有這種傻瓜呢。
但是我並不討厭啦。

菲利歐還好嗎？
日本酒（兩合）
燒酒（一杯）
每位客人限點三杯

回拿波里了。

!?
為什麼？
寫信回家說當了藝人，他媽媽跟姊姊就飛過來了。

押著他回家去，真可憐。
老師～～

真的非常有魄力……誰也阻止不了。

唔……
之後菲利歐寫信給老師說——

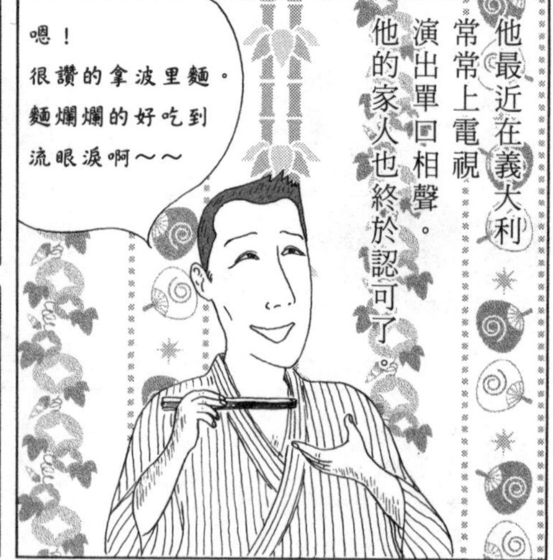
他最近在義大利
常常上電視
演出單口相聲。
他的家人也終於認可了。
嗯！
很讚的拿波里麵。
麵爛爛的好吃到
流眼淚啊～～

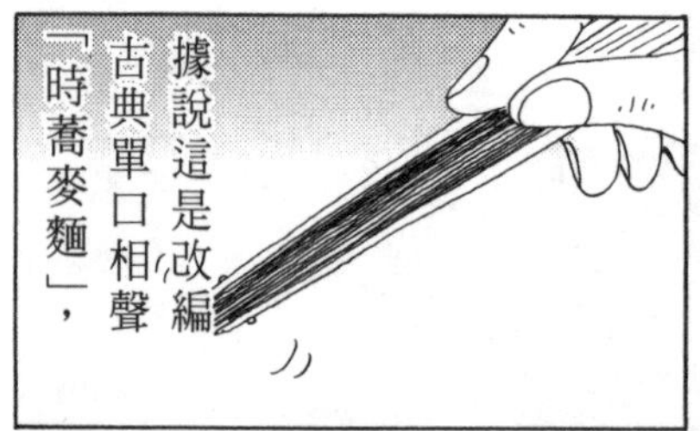
據說這是改編
古典單口相聲
「時蕎麥麵」，

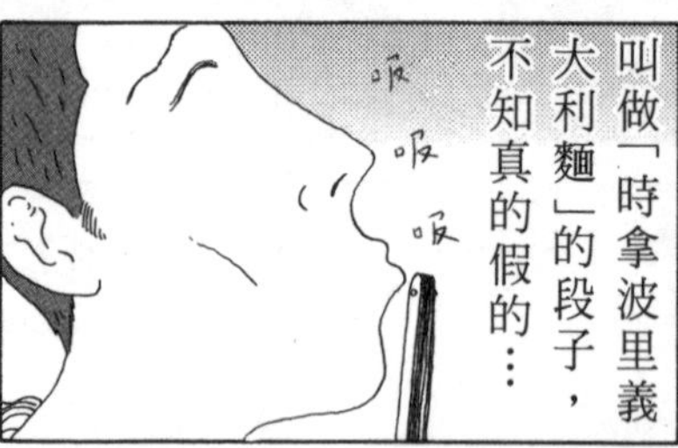
叫做「時拿波里義
大利麵」的段子，
不知真的假的…
吸
吸
吸

不知道是因為
這樣還是怎樣……
最近人多起來了…

給我們
拿波里義大利麵!!
義大利的客人。

# 第11夜◎馬鈴薯沙拉

燙燙

我在店裡最初開始做的，就是馬鈴薯沙拉和通心粉沙拉。

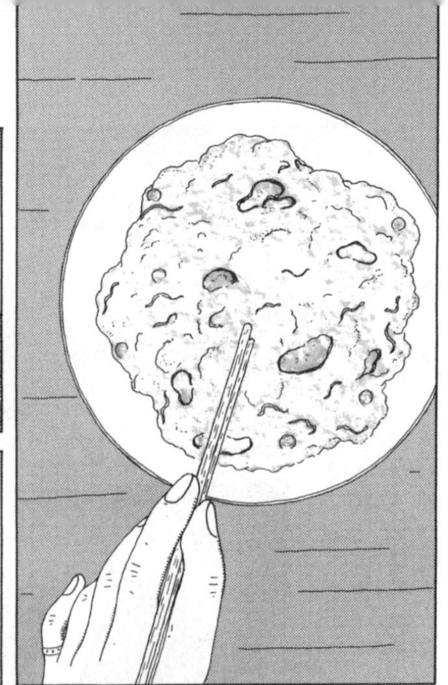

最近
偶爾會來的這位——

!

再來一份。
一定會叫兩份
馬鈴薯沙拉。

不好意思，您是硬漢大木先生吧。

不是……

左小指的戒指、脖子上的胎記……您就是硬漢大木先生！

?!

硬漢大木是
全盛時期一年拍
四百部成人電影，
傳說中的AV男優。

真的耶。
昨晚看了喔!!
超讚。

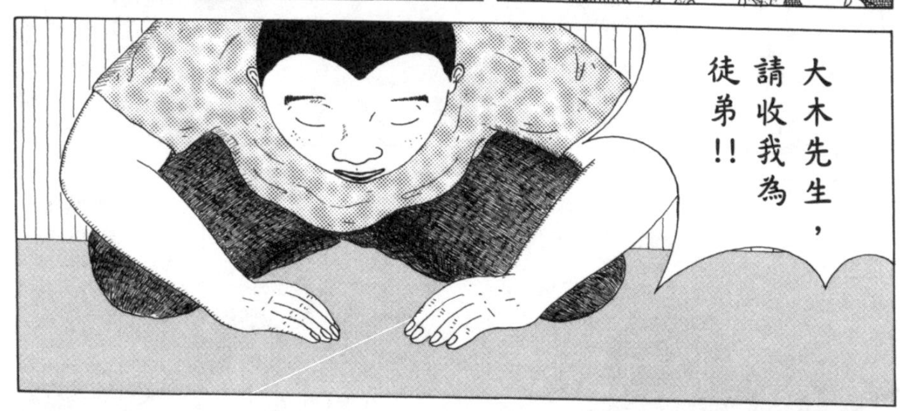
大木先生，
請收我為
徒弟!!

拜託您！
大木先生，
拜託您！
別這樣。

我想讓那些
瞧不起我的
人好看！

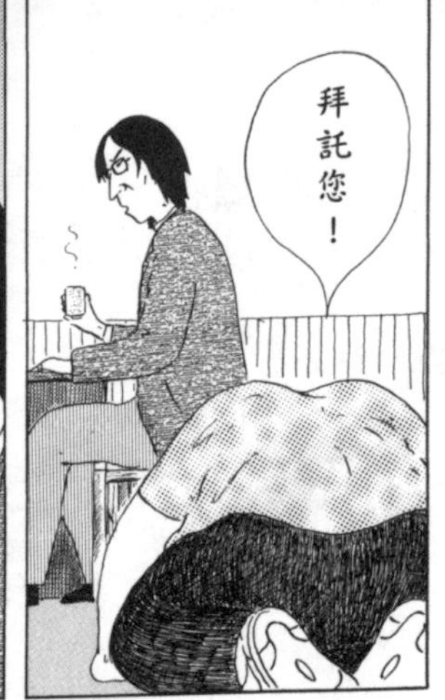
拜託您！

硬漢大木
最後也拗不過
年輕人的熱忱。

三個月後——
めしや
めし

給這傢伙做
點增進精力
的東西吧！

托您的福
明天要出
道了。

恭喜！
加油喔。

特製
精力定食！

這是
大木先生的。

!?

另一份是
這位請客
的。

我昨天看了
「硬漢大木
的春水三昧」
超級興奮的！

謝謝，
那沒什
麼。
這是謝禮，
硬漢先生。
您好像喜歡
馬鈴薯沙拉。

這裡的馬鈴薯沙拉
有令人懷念的味道。

姊姊？
我不是說
不要打電話
來嗎？

哎，
中風!?

然後呢？嗯，
沒什麼要緊吧…
我是想回去，
但是工作很忙。
嗯，那就這樣。

怎麼
了？
沒什麼，
沒事。

怎麼可
能沒事。

我媽病倒了。說是輕微中風……但好像不嚴重，

回去吧。

沒關係，明天就要錄影了。

你這混蛋，拍A片跟你老媽，哪個重要啊!!

你能力很好，往後應該也沒問題，還是趁現在回去吧。

二十年前——
你走吧。

啪砰

彌生的結婚典禮你也不必參加了。
為什麼…只有你這樣…

哥哥，對不起。
我媽跟死去的爸爸，我哥我妹都是老師。

妹妹的結婚對象，以及公公婆婆也都是老師…我出席的話會很尷尬吧。
…從那以後我就沒再回去過了。

你要回去就趁現在。

搭明早第一班車回去！

這是師傅的命令！

兩星期後
れん
√3
EXTRA
あかるい花園
lonely
SNACK
凸凹

嗯嗯，託大家的福，我媽非常高興。

太好了。大木先生今天怎沒來？
他昨天回鄉下了，剛好跟我錯過。

喀啦

歡迎……

……我媽……老人癡呆了。

「您從哪裡來？」
「東京……」

「唉喲，
我兒子也在東京。
他最喜歡我做的
馬鈴薯沙拉了。」

然後我媽就
在我妹的幫
忙下，做了
馬鈴薯沙拉…

「怎樣，好吃嗎？
我兒子最喜歡了，
可以吃好多呢。」
「他是一個非常
孝順，非常善良
的好孩子喔。」

…馬鈴薯沙拉
好鹹好鹹…

我是上了
年紀吧。
最近哭點
很低，
真糟糕呢。

# 第12夜◎米糠醃小黃瓜

夏天把醃小黃瓜的米糠洗乾淨，就這樣一整條拿著吃，一面喝啤酒，真是太過癮了。

豬肉味噌湯定食　六百圓
啤酒（大）　六百圓
日本酒（兩合）
燒酒

怎麼啦？

有點事。
……

他在街頭賣唱，小混混來找碴，他要打他們，卻反被打得鼻青臉腫。
她路過仗義相助把小混混們打得滿地找牙。

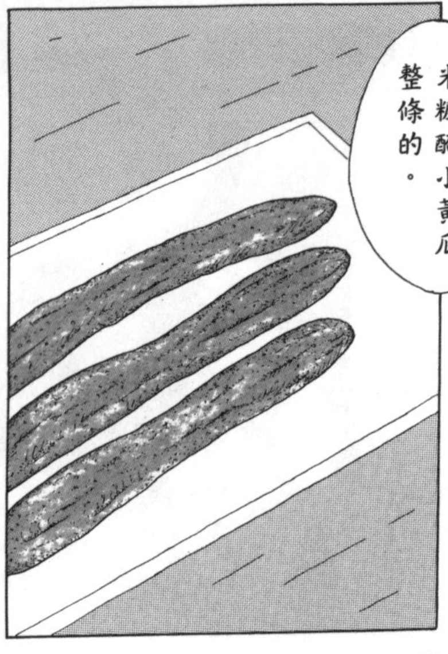
米糠醃小黃瓜整條的。

！
喀嚓

嗚
哇

不要盯著人家看啦！

姊姊怎麼這麼厲害啊。

你不知道嗎？這位是龍馬藤崎，女子摔角冠軍呢。

原來如此……

都叫你不要盯著人家看了！

以此事為契機，兩人開始同居了。
雖然這麼說，其實是他到龍馬家賴著不走啦。

醃小黃瓜。
啊，老闆，
替我切吧？

咦!?
好啊。

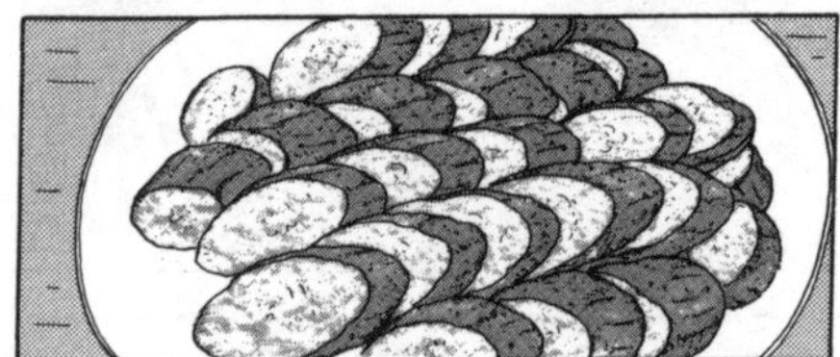

真討厭～
哈哈哈。
……
……

我吃飽了。

龍馬藤崎
最近變得
有女人味
了。
嗯，
還刷了
睫毛膏
呢。

女人戀愛
就會改變
啊。

女大十八
變，戀愛中
的女人更美
麗啊……
她應該已經
三十二了，
男朋友好像
是二十一歲
……

老闆，今天可以喝三瓶以上的啤酒嗎？
有什麼特別的事嗎？

將平確定要出道了！

……這樣啊。那就盡量喝吧。

謝謝。
太好了！

龍馬看起來非常高興的樣子。

但是從那之後半年一點消息都沒有。

你好。

妳怎麼啦!?

這傢伙真傻。說我出道了怕會影響我的人氣，想和我分手。

我說絕對不跟她分手……

你看！

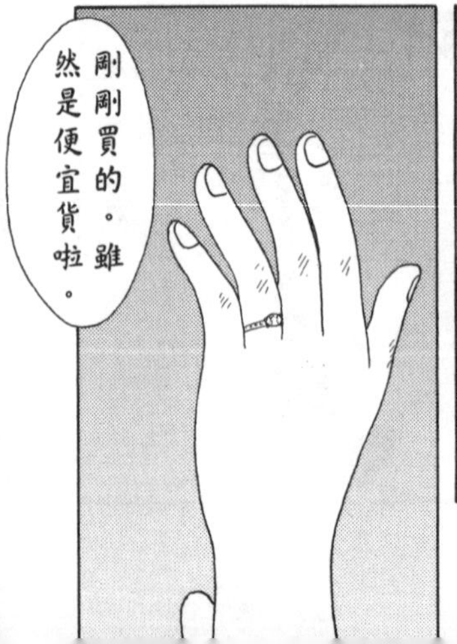
剛剛買的。雖然是便宜貨啦。

醃小黃瓜，
還要啤酒……
不，日本酒。
就當交杯酒了。

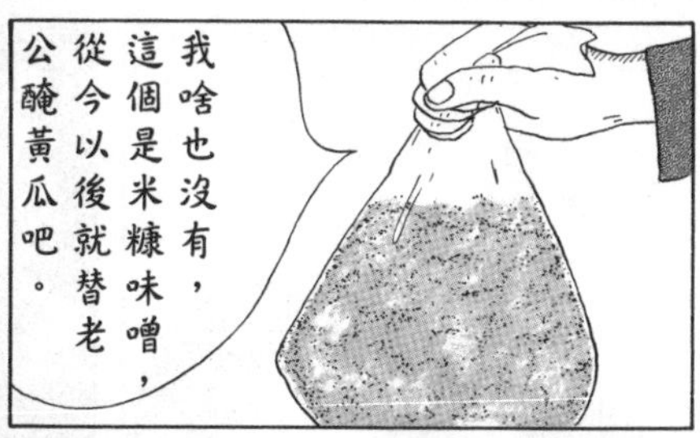
我啥也沒有，
這個是米糠味噌，
從今以後就替老
公醃黃瓜吧。

謝謝…

在將平出道的同時
龍馬退休了。
一年後——
運動報
2007年 6月12日 星期二
將平：滿懷感謝
藤崎龍馬 喜獲千金

喔，是
女兒啊。

怎麼了!?
喀啦

我出軌被逮到了。
這樣就扯平算不錯了。

……但是，她打人的時候好漂亮啊……

夫妻吵架喚醒了龍馬的戰鬥本能。
她再度回到摔角場上。
技巧比以前更高明了。

好像還一面比賽一面餵奶呢。

喀嚓

還是這樣最好吃。
龍馬果然還是這樣最合適。

# 第13夜◎西瓜

來我店裡的客人
自家冰箱裡
都不會冰著西瓜。
所以在這個季節
我會貼出這個……

西瓜

夏天果然還是要吃西瓜。要是再加上蚊香的香煙裊裊，就太完美啦。

那要點蚊香嗎？

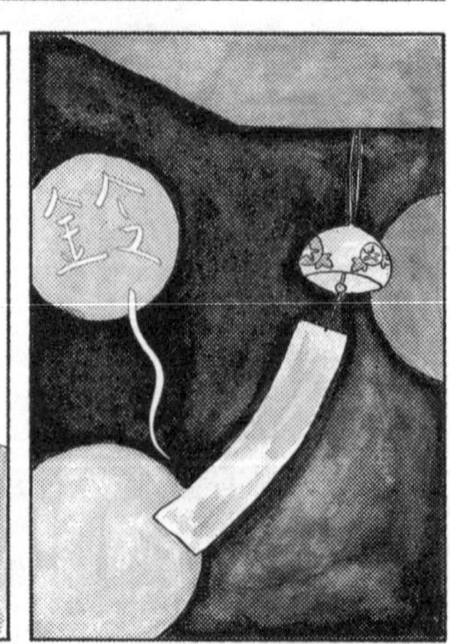
鈴

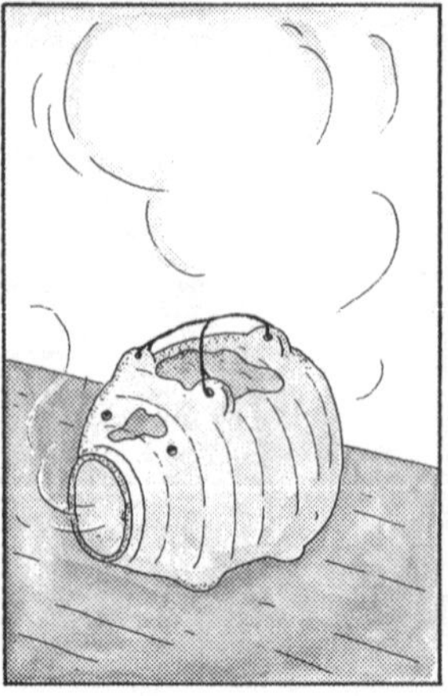

嗯～日本的夏天呀！

你好！

喔，是獨角仙嗎？

在紅綠燈那裡發現的。是從哪裡跑來的呢……

越來越有夏天的味道了。

真不錯……

好像在放暑假呢。
就在這個時候。

8.老牌唱將井上陽水的夏日名曲，一九九〇年發行。
9.女歌手山口百惠名曲，充滿性暗示的歌詞在七〇年代引起話題。

對我來說女孩子最重要、
最寶貴的東西要獻給你～～

你的話就算了啦。

少囉唆！我十七歲的時候瘦得要命，綽號可叫做奧莉薇呢！

奧莉薇，大力水手的女朋友？
對啊。
少騙人了！

啊！

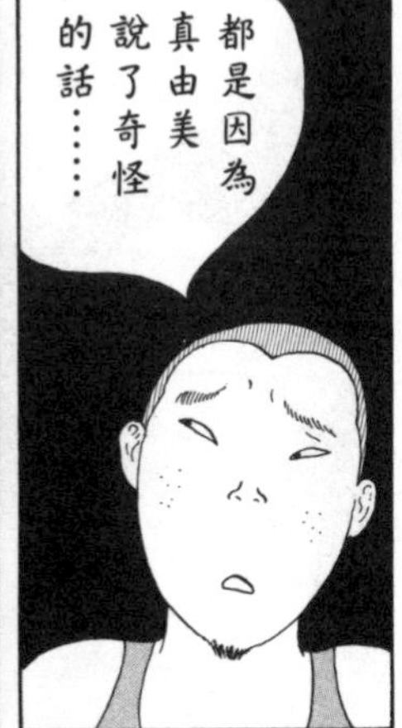
都是因為真由美說了奇怪的話……

停電啊……

街上的路燈也都熄了。

蠟燭倒是有，等一下吧。
熱的話就開門或開窗……也有扇子。

鈴

怎麼覺得有點緊張。
真的，好像要參加試膽大會一樣。

對了！大師，難得一次，講個鬼故事吧。

好想聽！

大師，我也拜託你。今晚的酒我請了。

好，我來講！
但是我不太會講鬼故事，就說一個人家告訴我的怪談好了。

好耶～快講吧！
啪
啪
啪
啪

……
……

這是我的朋友的親身經歷：

咚～

距今大約四十年前，時值盛夏。時辰也差不多是現在這個時候⋯⋯

好熱啊⋯⋯

喂，想不想吃西瓜啊？

想吃啊，但是沒錢。

那就去偷一個吧！
啥!?

於是他們趁著酒意沿著公路走到一公里外的西瓜田去偷。

兩人各捧了一個西瓜，沿著原路回去。

來的時候
沒注意到，
路旁有墓地……

這時間
不可能運行的
電車突然出現……

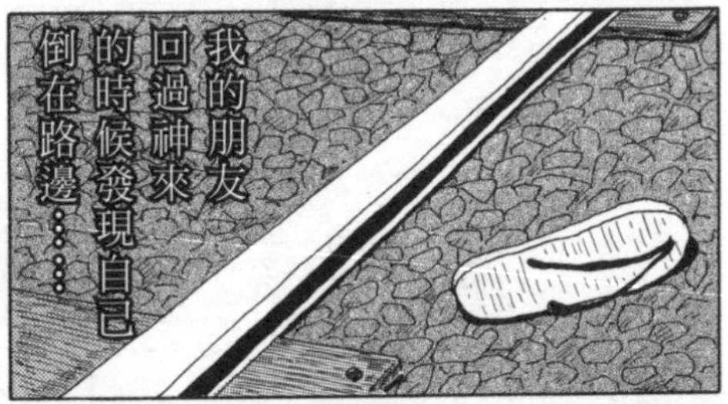
我的朋友
回過神來
的時候發現自己
倒在路邊……

須田，
須田…
一直喊著
朋友的名字，
但沒人回答……

朋友是不是
在自己昏過
去的時候
先回去了
呢……
我的朋友捧
著竟然沒被
摔破的西瓜
一個人回到
公寓……

但是…
在他要洗
西瓜的時候
看見那是…

朋友血肉
糊模的頭
……
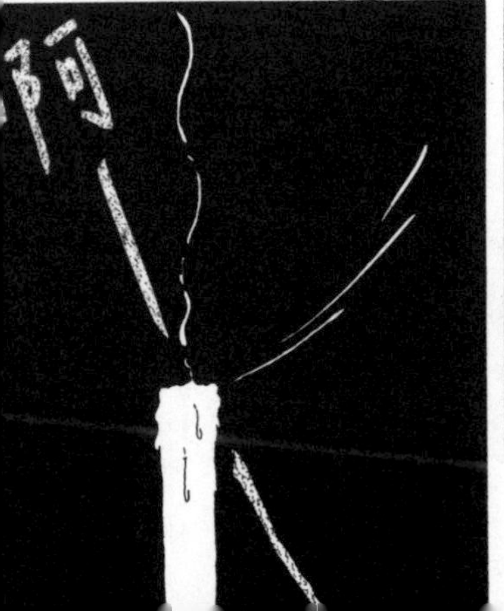
阿

啪

嚇成那樣
也未免——
對不起。

呼呼
還真的不知道
原來阿龍
這麼膽小啊。

從那之後——

要不要
吃西瓜？

阿龍就
吃不下西
瓜了……
真可憐。

# 第14夜◎拉麵

我個人覺得叫「幸子」的女人不知怎地都跟「不幸」挺搭的。可能那是因為以前流行歌曲的關係。

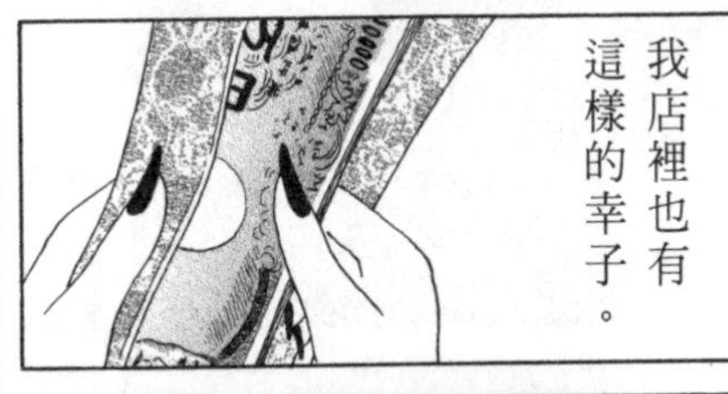


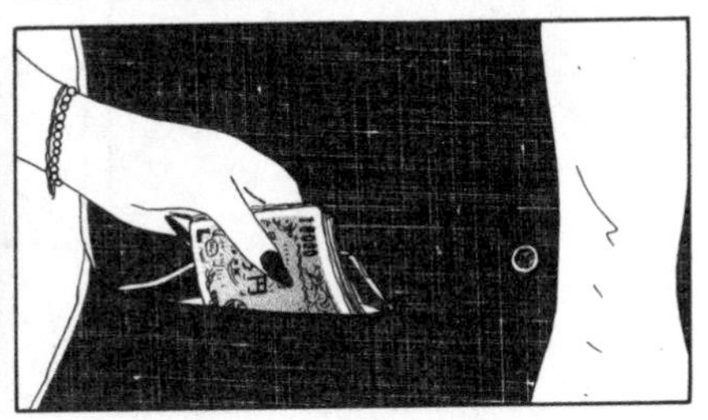

幸子，下次一起去泡溫泉吧。
嗯…

前輩在等我，我先走了。

阿瞬！

BAR

♬

味噌拉麵。
喀啦

喲，生意如何？

是不錯啦，但很悶啊。一整天都在應付不幸的女人。
小雪是有花園瑪丹娜之稱的有名占卜師

這裡有拉麵嗎？

有，札幌一番、雞湯麵、還有明星拉麵。
我要明星拉麵！

サッポロ一番
みそラーメン
チャルメラ

久等了。

我喜歡冷飯
跟明星拉麵。

有冷飯，要嗎？
真的？我要。

來，冷飯一碗。

星期六中午從小學放學回家，自己一個人泡麵配冷飯吃。

……
……

我吃飽了。
めしや
めし

那個小姐，挺可憐的……

咦!?

全身散發出不幸的氣息。
跟半夜的泡麵很配的苦命女。
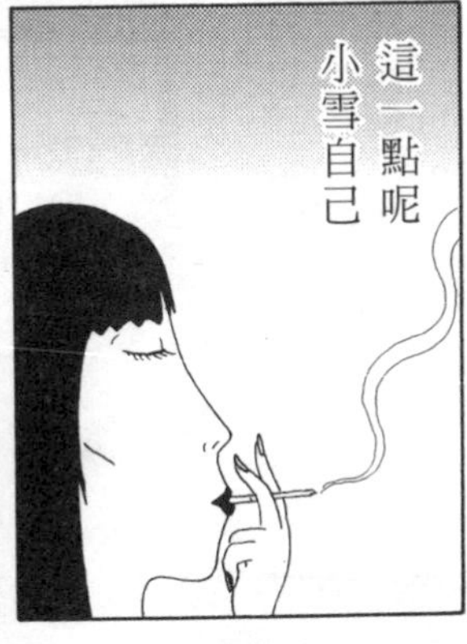
這一點呢小雪自己

也完全不輸她呢。
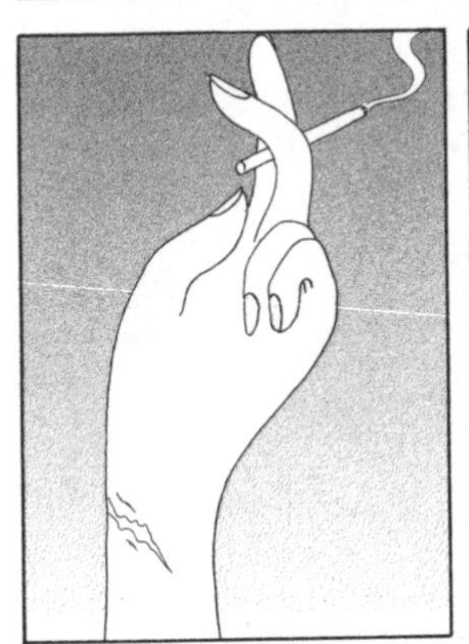

幸子從那之後常常在酒店下班後來。

這可以自己做啊。

有人做給我吃比較好啊。
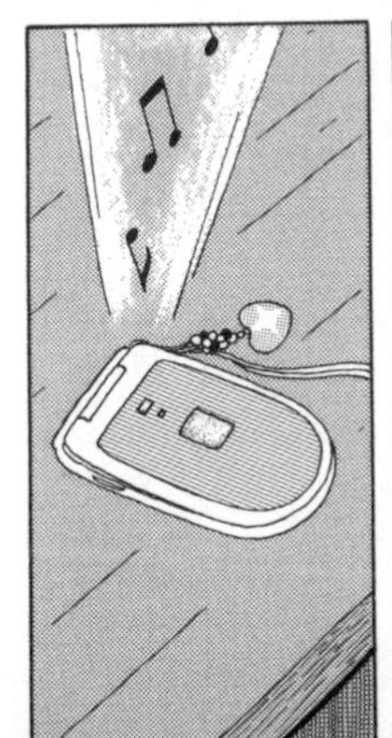

哎，真的？
嗯，知道了。
哈哈哈，
就這樣囉。

他要來
我家過夜！
還說會買
北海道一番
味噌拉麵來
做給我吃。
嘻嘻。

味噌拉麵。

我先走
了。

那個女孩子，
好像越來越
不幸了……

!?

一個月後——
クルー
アイ
BAR
ふらっと
THE END

是不是
該把小孩
生下來呢？

！

他不見了。
好像欠了
錢……

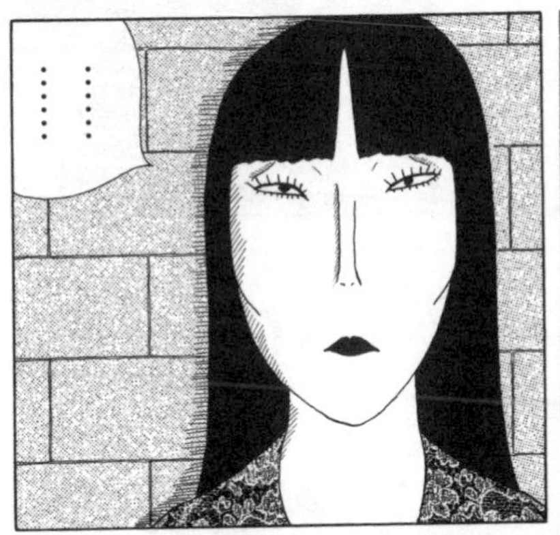
……
……

めしや

他會回來嗎？

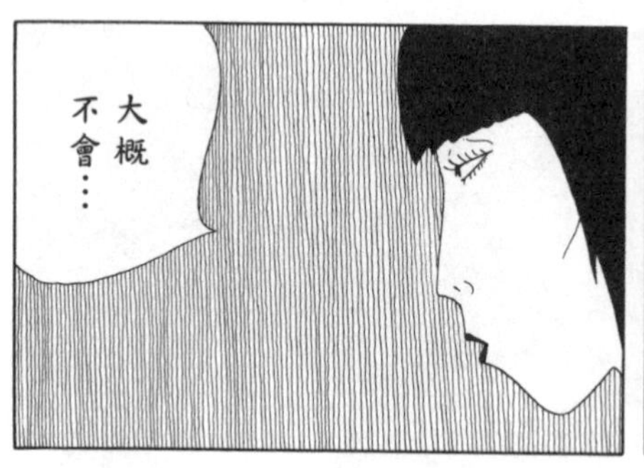
大概不會…

妳啊，跟我一模一樣…

他叫什麼名字？

九十九瞬。瞬是一瞬的「瞬」…
姓九十九？

對。
哪裡人？
應該是德島人…
幾歲？

二十二…生日是八月十二…

!?

…他左腳是不是有…

燒傷的傷痕。
——之後兩人都不來店裡了。

據說，那個逃走的男人是小雪十八歲時被男人拋棄後，生下來給人領養的孩子。兩人竟然是婆媳，真是太巧了。

好久不見。

嗨，精神很好啊。
聽說妳們住一起？

我們可是好婆媳呢。

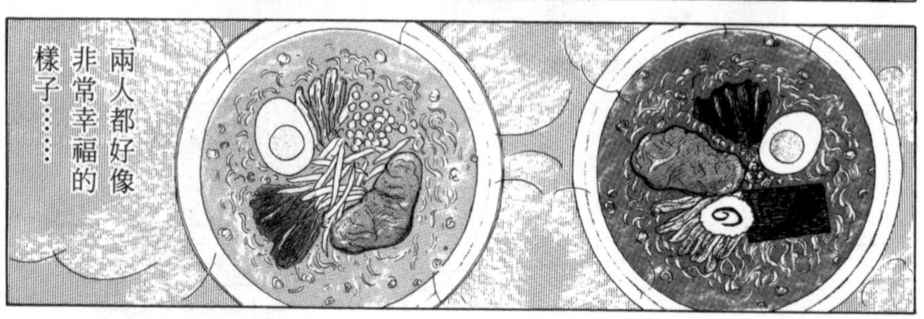
兩人都好像非常幸福的樣子……

偶爾吃吃別人做的也不錯呢。
這可是珍貴的老梗呢小雪的本名也叫做「幸子」。

幸子就是幸福的孩子…
啊，乖，乖。

# 清口菜◎炸豬排咖哩飯

二〇〇八年初夏——

我白天要是想喝啤酒，就會去咖哩屋。

精肉店

西川生花店

三山文具店

寿司

ライスカレー

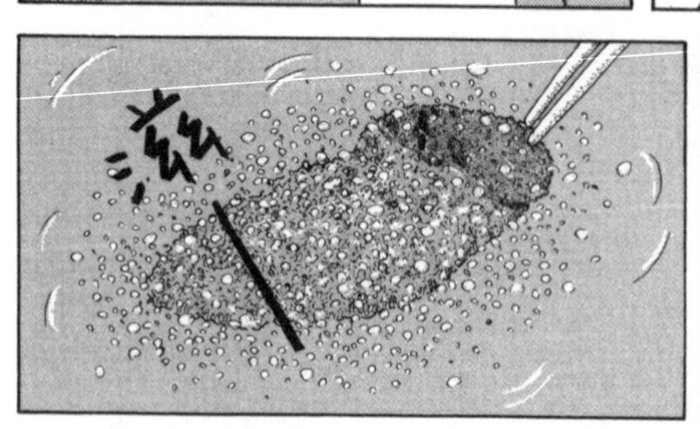

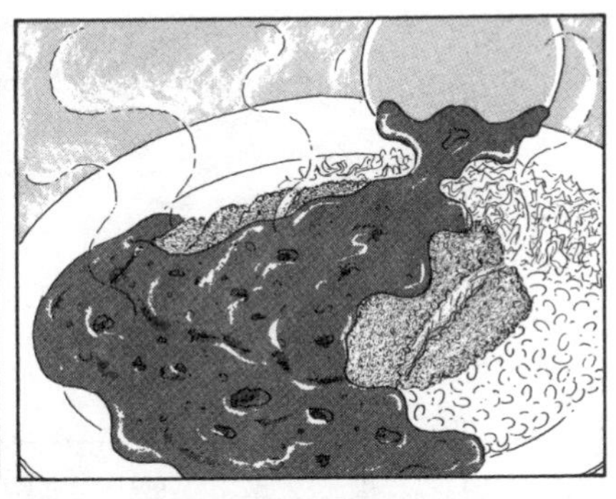

先用筷子。

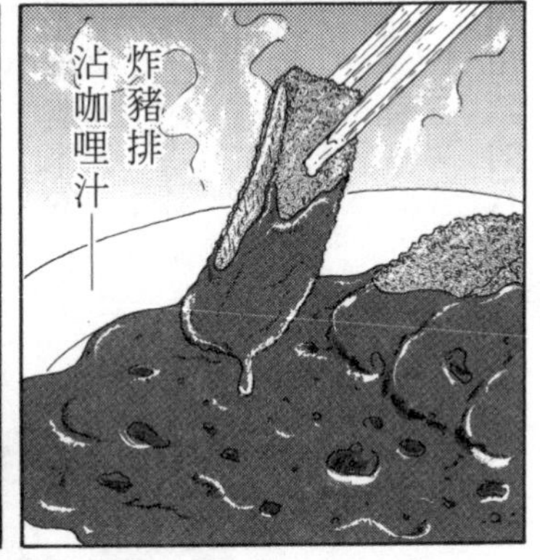
炸豬排
沾咖哩汁——

跟啤酒
真是絕配！

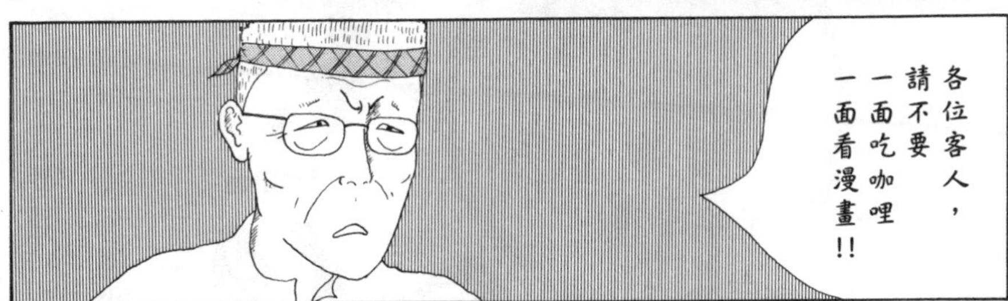
各位客人，
請不要
一面吃咖哩
一面看漫畫!!

這樣的人
還真多……

——不過老爹，
我雖然瞭解你的心情
但今天是沒辦法的！

成天加班
疲累不堪的人，
失戀痛哭的人，
夢想破碎
消沉不振的人，
喪失日常樂趣的人，
被工作壓得
喘不過氣來的人，
不受上司青睞
想要抱怨的人，
覺得幸福
手舞足蹈的人——

讓大家都吃飽喝足，心滿意足，
滿面笑容回家的街邊小店。

# 深夜食堂（シンヤショクドウ）

第2集

絕讚熱賣中!!

一開始當然是彩頁喔。

深夜食堂 YY0301

# 深夜食堂1


作者

## 安倍夜郎（Abe Yaro）

一九六三年二月二日生。曾任廣告導演，二〇〇三年以《山本掏耳店》獲得「小學館新人漫畫大賞」，之後正式在漫畫界出道，成為專職漫畫家。《深夜食堂》在二〇〇六年開始連載，由於作品氣氛濃郁、風格特殊，二度改編成日劇播映，由小林薰擔任男主角，隔年獲得「第55回小學館漫畫賞」及「第39回漫畫家協會賞大賞」。

譯者

## 丁世佳

以文字轉換糊口二十餘年，英日文譯作散見各大書店。對日本料理大大有愛；一面翻譯《深夜食堂》一面照做老闆的各種拿手菜。長草部落格：tanzanite.pixnet.net/blog



書籍裝幀　黑木香＋Bay Bridge Studio
版面構成　何曼瑄
內頁排版　黃雅藍
手寫字體　鹿夏男、吳偉民
責任編輯　鄭偉銘
副總編輯　梁心愉
企劃主任　詹修蘋
版權負責　陳柏昌

初版一刷　二〇一一年十月二十四日
初版三十六刷　二〇二〇年十一月十八日
定價　新臺幣二〇〇元

**ThinKingDom 新經典文化**

發行人　葉美瑤
出版　新經典圖文傳播有限公司
地址　臺北市中正區重慶南路一段五七號一一樓之四
電話　02-2331-1830　傳真　02-2331-1831
讀者服務信箱　thinkingdomtw@gmail.com
部落格　http://blog.roodo.com/thinkingdom

總經銷　高寶書版集團
地址　臺北市內湖區洲子街八八號三樓
電話　02-2799-2788　傳真　02-2799-0909
海外總經銷　時報文化出版企業股份有限公司
地址　桃園市龜山區萬壽路二段三五一號
電話　02-2306-6842　傳真　02-2304-9301



版權所有，不得轉載、複製、翻印，違者必究
裝訂錯誤或破損的書，請寄回新經典文化更換



深夜食堂 1
© 2007 ABE Yaro
All rights reserved
Original Japanese edition published in 2007 by Shogakukan Inc.
Traditional Chinese translation rights arranged with Shogakukan Inc.
through Japan Foreign-Rights Centre / Bardon-Chinese Media Agency

Printed in Taiwan
ALL RIGHTS RESERVED.



深夜食堂 / 安倍夜郎作 ; 丁世佳譯 . -- 初版 .
-- 臺北市 : 新經典圖文傳播 , 2011.10-
冊 ;　公分

ISBN 978-986-87036-7-4（第 1 冊 : 平裝）

861.57　　100017381